나의 다정하고 씩씩한 책장

나의 다정하고 씩씩한 책장

작가의 말

처음으로 책 선물을 받은 기억은 여덟 살이다. 타지역으로 출장을 다녀오신 아버지가 출장선물이라며 종이봉투를 건네셨다. 지역특산품이나 장난감, 아니면 고속도로 휴게소의 호두과자를 기대했는데. 봉투 속에서 나온 것은 단행본 책 두 권이었다. 이름도 그럴듯한『이야기 탈무드 (상), (하)』. 아버지는 사 올 게 마땅치 않아서 서점에 들르셨다고 하셨다. 지금 생각해 보면 정말 사 올 게 없어서였는지, 아니면 딸아이에게 책 선물을 하고 싶어서였는지, 평소 못한 말을 제목부터 '교훈적'인 탈무드를 핑계로 하고 싶으셨는지, 어느 것 하나 명확하지 않다.

내심 장난감이나 특산품을 기대했던 나는 아주 잠시 실망했었지만 얼마 지나지 않아 그 책에 빠져들었다. 읽고, 읽고, 또 읽었다. 수업 시간에 조는 학생들을 랍비가 혼낼 때에는 '난 수업 시간에 안 자야지' 다짐했었고, 사이가 안 좋은 부부는 커다란 침대가 칼날처럼 좁게 느껴지지만 사랑하는 부부는 아주 작은 침대에서도 잘 잔다는 내용을 볼 때면 몰래 안방 문을 열어 부모님이 어떻게 주무시는지 훔쳐보곤 했었다.

책을 읽는 내 모습이 좋아 보이셨는지 아버지는 다음 출장 때도 책 선물을 해 주셨다. 이번에는 『만화로 읽는 탈무드 (1), (2)』였다. 그다음에는 『국민학생을 위한 탈무드』였다. 아버지는 버전을 달리한 탈무드 책을 계속해서 사 오셨고, 나는 차츰 흥미를 잃어갔다. 아무리 재미있는 책이어도 같은 내용을 다른 버전으로 연속해서 읽는 것은 너무 힘든 일이었다. 더욱이 나는 고작 여덟 살 아이였으니. 그 뒤로 아버지가 어떤 책을 사 오셨는지 기억나는 게 없다. 나는 계속되는 탈무드 시리즈에 지쳤을 뿐인데, 아버지는 내가 책을 좋아하지 않는다고 생각하셨던 것 같다. 아니면 책 선물이 아니라 다른 것을 사야 할 때가 왔다고 판단하셨을 수도 있고.

이렇게 장황하게 탈무드에 얽힌 이야기를 하는 건,

그 책을 선물 받았을 당시의 기분이 삼십 년이 지난 지금까지 생생하기 때문이다. 누런 갱지 봉투에 들어 있던, 하얀 표지에 궁서체로 쓰인 『이야기 탈무드』. 책 선물을 받는다는 게 얼마나 기쁘고 설레는 일인지, 그 책을 받고 두근거렸던 마음과 책장이 넘어가는 것을 아까워하면서 읽고 읽던 어린 날의 경험들이 지금도 살아서 움직인다.

그때의 경험 탓인지 나는 주변 사람들에게 책 선물을 자주 하였다. 생일 선물이나 크리스마스 선물, 아무 이유 없이 깜짝 선물로. 평소 내가 좋아하는 작가의 책을 건네거나 친구가 좋아할 만한 책을 골라서 주었다. 흥미로운 사실은 평소 독서를 즐기지 않는 이들도 책 선물은 기꺼운 마음으로 받는다는 거였다. 고가의 선물이 아님에도 책을 주고받는 행위에는, 다른 선물들이 주지 못하는 특별한 의미가 들어 있었다.

어쩌다 보니 소설을 쓰는 사람이 되었지만, 여전히 내가 좋아하는 일은 책을 고르고 읽는 일이다. 소설을 쓰는 일은 고통과 희열이라는 양가적인 감정이 동반되지만, 책 읽기는 내게 기쁘고 즐거운 일로만 다가온다. 겁이 많고 예민한 내가, 그래도 많은 사람 앞에서 내 생각과 감정들을 자연스레 이야기할 수 있는 건 그동안 읽은 책 덕분이지 않을까 한다. 내가 읽은 책들이 나를 조금 더 나은 사람으로 만들어 주었다. 앞으로도 그럴 것이다.

여기에 실린 글들은 몇 해 동안 이런저런 지면들에 쓴 문학칼럼들이다. 당시의 내가 재미있게 읽은 문학작품, 특히 한국소설을 중심으로 글을 썼다. '문학의 위기'라는 말은 이제 관용어처럼 쓰이고 있지만, 여전히 문학을, 한국소설을 읽고 사랑하는 이들이 많을 것이라 믿는다. 혹은 앞으로 더 늘어날 것이라는 희망적인 기대도 해 본다. 이건 한 작품을 읽은 나의 개인적인 기록이자 단상이기에 얼마든지 나와 다른 의견들이 나올 수 있을 것이다. 그저 내가 하고 싶은 일은, 누군가에게 책 선물을 하는 것처럼, 아직 읽지 않은 책의 제목과 내용을 살짝 알려주는 마중물 같은 역할을 하는 정도이다. 내게 다정했고, 나를 씩씩하게 만들어 주었던 내 책장을 소개하면서 말이다.

첫 책에 이어 두 번째 책도 '호밀밭' 출판사와 함께했다. 부족한 글과 손잡아 준 출판사와 편집자분들께 감사드린다. 가족들이 없었더라면 이 책 역시 나오기 힘들었을 것이다. 훈과 준에게 사랑한다는 말을 전한다.

마스크를 쓰지 않고 다닐 수 없는 날들이다. 하루에도 몇 번씩 재난안내 메시지가 온다. 그럼에도 마스크를 쓰지 않고 당신과 마주 앉아, 그동안 읽은 책 이야기를 하고, 웃고, 떠들고, 울적해 하다가 다시 힘이 나는 말들을 주고받을 수 있기를 바란다. 그때까지 다들, 부디 힘을 내서 지낼 수 있길. 모두가 건강하고 안전하게 이 시기를 통과하기를 바랄 뿐이다.

2020년 10월
오선영

작가의 말   5

1부
하루하루 조금씩
— 나의 사적인 책장

호모 루덴스의 독서법   17
나를 부끄럽게 하는 일   21
당신과 나의 거리   25
누군가의 첫 소설   29
혼자서 밥 먹기   33
십 년 후에 다시 읽기   37
언어라는 도구   41
문학하는 마음들   45
부산다운 부산   49
결혼보다는 사랑   53
청춘1로   57
무용(無用)한 것들   61
지역+여성+작가   65

2부

때론 다정하게, 때론 진지하게
— 책장 깊숙이 들어가기

내 마음을 사로잡은 첫 문장　　　　　　　73

숭고한 글쓰기　　　　　　　77

2019년 ver. '바보들의 행진'　　　　　　81

열매로 변한 아내　　　　　　　85

최후의 인간　　　　　　　89

소설 원작이라는 꼬리표　　　　　　　93

새로운 명작동화　　　　　　　97

사랑의 방식　　　　　　　101

모자가 된 아버지　　　　　　　105

온몸의 소설　　　　　　　109

소설가의 사명　　　　　　　113

'우리'라는 투명인간　　　　　　　117

시원해지는 상상　　　　　　　121

3부
씩씩하게 한 걸음 더
— 당신과 나의 책장

페스트의 결말　　　　　　　　　　　　　128

남겨진 아이들　　　　　　　　　　　　　132

지금이라도 돌아오렴　　　　　　　　　　136

우리는 모두 '김지영'이다　　　　　　　　140

어떤 엄마들　　　　　　　　　　　　　　144

'그 이후'의 삶　　　　　　　　　　　　　148

꽃을 던져라　　　　　　　　　　　　　　152

술 권하는 사회　　　　　　　　　　　　　156

삶이 삶에게　　　　　　　　　　　　　　160

집과 방 사이, 어디쯤　　　　　　　　　　164

우리는 말한다　　　　　　　　　　　　　168

지금 일어나고 있는 일　　　　　　　　　　172

아주 희미한 위로라도　　　　　　　　　　176

1부

하루하루 조금씩 ─ 나의 사적인 책장

호모 루덴스의 독서법

얼마 전, 한 모임에 다녀왔다. 한 권의 책을 한 달 동안 읽고 정해진 날짜에 모여서 책에 대한 다양한 의견과 감상을 나누는 독서 모임이었다. 20대 초반부터 30대 후반까지 대학생, 취업준비생, 직장인, 자영업자 등 나이와 성별, 직업이 다른 사람들이 똑같은 책을 매개로 모여 이야기를 나누었다. 책을 읽는 사람이 점점 줄어들어 '책의 죽음'이라는 말까지 나오는 시대에 평일 저녁 시간을 할애해서 모인 사람들. 특별할 것 없어 보이는 이 모임이 특별해 보이는 이유는 '독서가 취미'라고 말하는 것이 더 이상 보편적이지 않은 시대에 내가 살고 있기 때문인지도 모르겠다.

이런 모임이 많아지면 작가들에게도 참 좋겠다는 개인적인 생각을 곱씹으며 참가자들에게 물었다.

"사람들이 왜 책을 읽지 않을까요?"

다소 뻔하고 흔한 질문이라 할지라도 참가자들의 생각을 듣고 싶었다. 책보다 재미있는 것, 그러니까 유튜브

나 영화, 웹툰, 게임처럼 즉물적이고 감각적인 것들이 많아서라는 대답이 제일 먼저 나왔다. 다음으로는 책을 읽을 시간이 없어서라는 대답이 뒤따랐다. 중·고등학생 때는 공부하느라, 대학생 때는 취업을 준비하느라, 직장인이 된 이후에는 일하느라 책을 읽을 시간이 없다는 보충설명도 이어졌다. 첫 번째 대답에도, 두 번째 대답에도 사람들이 고개를 끄덕였다.

"책을 재미보다는 학습의 도구로 생각해서 그런 것 같아요."

세 번째 대답을 들었을 때, 사람들이 '아' 하고 짧은 탄성을 질렀다. 첫 번째, 두 번째 대답을 포괄할 수 있는, 우리가 책을 멀리하게 된 가장 근본적인 이유라 생각해서였을 것이다.

나 역시 비슷한 생각을 한 적이 있었다. 주변에 어린 아이를 둔 부모들은 하나같이 아이가 책을 좋아하고 즐겨 읽는 사람이 되기를 바란다. 그런 바람을 이루고자 한글조차 읽지도 못하는 아이에게 작게는 몇십만 원부터 크게는 몇백만 원이나 하는 전집들을 사서 책장 가득 꽂아둔다. 아이가 하루 동안 읽은 책을 '북트리(book-tree)' 모양으로 만들어 SNS에 인증샷을 올리고, 16개월 된 아기가 다독을 한다며 뿌듯해하기도 한다.

하지만 우리 아이가 옆집 아이보다 책을 더 읽어서 흐뭇하다는 부모의 속마음은 정말 책을 좋아하는 아이가 되길 바라는 데만 머무는 것 같지는 않다. '책놀이', '책육아'라는 그럴듯한 이름을 하고 있지만 그 밑에 숨겨진 부모의 욕망은 아이가 책에 친숙해져서 좋은 성적을 받길 원하는 것은 아닐지. 중·고등학교 때의 책 읽기가 의무적으로 해야 하는 숙제처럼 여겨지는 것도 마찬가지이다. 그렇기에 책이 주는 재미와 즐거움은 학습과 교훈, 의무라는 무거운 목적 아래 짓눌려버리고 마는 것은 아닐까.

화제를 돌리고자 참가자들에게 다시 물었다.

"책을 왜 읽어요?"

"재미있어서요."

참가자들은 약속이나 한 듯이 똑같이 대답했다. 동일한 질문을 내게도 한다면 같은 대답을 할 것이다. 책읽기가 주는 여러 효용이 있지만 그 모든 것 위에 올라설 수 있는 대답은 정확히 하나이기 때문이다. 재미있어서. 그러니 책이 가진 여러 의미와 가치를 잠시 내려놓고 책 본연의 재미에 집중해보면 어떨까 한다. 책이라는 이름의 무게를 잠시 덜어놓고 보면, 정말이지 책 읽기보다 재미있는 놀이도 없을 것이다.

요한 호이징하는 그의 책 『호모 루덴스』에서 이해득

실로부터 무관심한 놀이의 정신이 문명을 이룩한 근본 토대가 되었다고 주장했다. 그렇다면 결과를 생각하지 않는 순수한 몰입, '무목적'을 그 자체의 목적으로 삼는 '호모 루덴스'의 태도야말로 꽤 근사한 독서법이 될 수 있지 않을까 싶다.

요한 호이징하, 이종인 옮김, 『호모 루덴스―놀이하는 인간』, 연암서가, 2010

나를 부끄럽게 하는 일

공개적으로 이런 이야기를 하기가 조금 민망하지만, 나는 초록색 검색창에 내 이름을 검색해 본 적이 있다. 첫 책이 나온 후, 책에 대한 기사와 리뷰들이 인터넷에 조금씩 올라오던 즈음이었다. 블로그와 인터넷 서점의 리뷰, 별점들을 보고 읽으면서 나는 감사한 마음과 속상한 마음을 동시에 가져야 했다. 책을 읽고 정성껏 써 준 감상문에 감동하면서, 내 의도와 다른 후기들에 마음을 조금 다치기도 했기 때문이다. 하지만 후자보다는 전자가 훨씬 크게 작동했는데, 그건 내 손을 떠난 책들이 누군가에 의해 읽히고 되받아 쓰이는 과정들을 부지런히 통과하고 있어서였다. 아무리 좋은 책이어도 독자가 없다면 서랍 속의 묵은 일기장과 같으니까 말이다.

그렇게 검색을 하다가 중고서점에 내 책이 올라온 것을 보았다. 정가의 반 정도 되는 가격으로 '상태 최상급'이란 첨언이 달린, 헌 책이라기보다는 새 책에 가까운 책이 손님을 기다리고 있었다. 나는 그 책이 누구의 손에 들릴

까보다는 그 책을 파는 사람의 심리가 더 궁금했었다. 책이 재미가 없나? 시시했나? 왜 파는 거지? 재미없으면 친구를 주거나, 그냥 책장에 꽂아두지. 며칠을 사이트에 들락날락하면서 책의 판매유무와 함께 다양한 상상의 나래를 펼쳤던 기억이 있다.

　　이기호의 소설 「최미진은 어디로」를 읽으며 깔깔거리고 웃은 건, 바로 위에서 말한 나의 상황이 소설 속에서 펼쳐지고 있기 때문이다. 소설의 주인공인 작가 '이기호'(작중 인물의 이름과 직업이 실제로 소설을 쓴 작가와 동일하다)는 중고매물 사이트에서 제 책이 헐값에 거래되는 것을 알고, 판매자인 '제임스 셔터내려'에게 직접 책을 사러 간다. 광주 송정역에서 일산의 정발산역까지 KTX를 타고 자신의 책을 직거래하러 가는 작가는 어떤 마음이었을까. 책을 헐값에 파는 판매자에게 화가 났을까, 책이 신발이나 유모차처럼 거래되고 있는 상황에 어떤 모욕감을 느꼈을까. 판매자는 작가이자 손님인 이기호를 알아보고 그 자리에서 도망친다. 그리고 다시 돌아와 '미안하다'는 말을 하고 떠난다. 그날 밤, 작가는 '제임스 셔터내려'에게 전화를 한 통 받는다. 그 책은 옛 연인이었던 '최미진'이 주고 떠난 것이며 더 이상 좁은 집에 책을 둘 때가 없어서 파는 것이라고.

그런데 씨발, 내가 뭘 그렇게 잘못했다고……내가 죄송하다는
말을 얼마나 많이 하고 사는데…… 꼭 그 말을 들으려고……꼭
그 말을 들으려고 그렇게…….

전화는 거기에서 뚝 끊겼다. 소설 속 작가 이기호도,
중고매물 판매자도 더 이상 연락을 하지 않았다. 하지만
이기호는 판매자의 마지막 말을 계속해서 곱씹으며 생각
한다. "나는 나의 적의가 무서웠다"라고.

그러니까 이런 것이다. 작가는 중고매물 사이트에서
싼값에 팔리는 제 책을 보고 자신이 어떤 모욕을 당했다
고 생각했다. 책이란 제 정신의 일부이며, 피와 땀, 눈물
을 흘려 정성껏 갈고 닦은 영혼의 집 같은 것. 작가로서의
자부심과 우월감을 동시에 느꼈던 그에게 덤핑 처리되고
있는 제 책은 자신을 부정하고, 모욕하는 일이라 생각했
을 터였다. 자신이 받은 모멸감을 어떻게 해서든 해소하
기 위해 작가는 판매자를 찾아 나섰지만, 판매자는 의도
와 계획을 가지고 책을 판 것이 아니었다. 아주 단순한 이
유, 옛 여자친구가 두고 간 책을 이사하기 위해 판 것. 그
리하여 판매자는 다시 말한다. 그렇게까지 찾아와서 나를
모욕하고, 무안 주는 게 옳은 일이냐고, 내가 얼마나 많이
'미안하다'는 말을 하고 사는데. 물건 하나 파는 일에서조

차 머리를 조아려야 하는 것이냐고.

깔깔거리면서 읽기 시작한 소설이 마지막에 가선 씁쓸하고 떫게 느껴진 건, 소설 속 작가의 심정을 내가 이해할 수 있기 때문이었다. 중고서점 사이트에서 내 책을 파는 판매자는 나를 전혀 모르는 사람이며, 어떤 의도와 계획을 가지고 파는 것이 절대로 아니었다. 그럼에도 나는 왜 먼저 상대의 의도를 넘겨짚어서 생각하고, 스스로가 모욕을 당했다고 여기면서, 상대에게 그것을 되갚음 하려고 하는 것일까(실질적인 행동을 취하지 않았지만, 머릿속으로 무수히 많은 액션을 취하지 않았던가!). '을'이 되지 않기 위해 먼저 '갑'의 자세를 취하는 나의 모습, 그 모습을 떠올리자니 소설의 마지막 문구처럼 "나는 그게 좀 서글프고, 부끄러웠다."

 이기호, 「최미진은 어디로」, 『누구에게나 친절한 교회오빠 강민호』, 문학동네, 2018

당신과 나의 거리

　타인을 이해하는 것이 가능한가, 반대로 누군가에게 '나'를 이해시키는 일이 과연 가능한 일인가, 라는 질문을 해 본 적이 있다. 가령 내가 생물학적 여성이라는 것은 누구나 수긍하지만, 나의 성(性)적, 사회적, 세대로서의 위치 등을 모두 포함하거나 때로는 그것과 모순을 일으키기도 하는 온전한 '나'를 상대가 이해한다는 것은 가능할까, 하는 의문 말이다. 타인의 고통에 귀를 기울이고 손을 잡는 등의 위로와 대응이 상대에게 얼마만큼 가닿을 수 있을까. 어쩜 일련의 행동들은 내가 당신을 이해한 사람이라는 일종의 '자기위안', '자기기만'이지 않을까. 이런 의문들은 소설을 쓰는 과정 내내 이어졌다. 누군가의 삶을 조직화하고 형상화하는 소설 쓰기가 작가의 일방적인 폭력에 가깝지 않는가, 하는 회의와 자책으로 말이다.

　이러한 질문과 회의에 빠져 있던 중에 조해진의 소설을 읽었다. 장편소설 『로기완을 만났다』는 벨기에 브뤼셀을 배경으로 탈북인 로기완과 그의 행적을 따라가는

'나'에 대한 이야기이다. 방송작가인 '나'는 우연한 기회에 벨기에로 밀입국한 함경북도 출신의 로기완에 관한 이야기를 접한다. 로기완이 3년 동안 쓴 일기를 바탕으로 그의 행적들을 따라가는 것이 소설의 전체적인 줄거리이다.

탈북인, 재일조선인, 난민, 디아스포라 등 국가와 국가의 경계를 넘어 부유하는 이들에 대한 소설은 그동안 많이 있어왔다. 자신의 직접적인 체험을 바탕으로 쓴 소설, 방대한 자료를 바탕으로 역사적 사실을 고증해 놓은 작품도 있었다. 그런 점에서 이 소설이 다루고 있는 소재는 그리 색다른 것도, 신선한 것도 아니다. 그럼에도 이 소설에 눈이 가는 것은 탈북인 로기완을 대하는 소설 속 '나'의 자세, 더 나아가 이들을 형상화해 내는 작가의 태도가 미더웠기 때문이다.

나는 아직, 로기완에 대해 무언가를 쓸 자격이 내게 있는 건지 자신할 수 없다.

굶주림이란 역사책이나 영화 같은 데서만 간접적으로 경험해 봤고, 목숨을 걸고 국경을 넘는 건 컴퓨터게임 속에서나 일어나는 가상의 일이라고 여겨왔으며, 국적을 잃은 자의 병적인 불안감은 상상도 하지 못하는, 나와 크게 다를 것 없는 이곳 사람들은.

그런데 로의 어깨를 잡아주던 브로커의 그 손은 따뜻했을까. 로에게 순간적인 위로라도 주긴 했을까. 그러나 더 이상은 이 야기를 만들 수 없다. 내가 상상할 수 있는 범위는 여기까지다.

『로기완을 만났다』는 탈북인 로기완에 초점을 두고 있지만, 화자인 '나'에 대한 이야기도 함께 진행된다. 소설 곳곳에서 위의 구절처럼 제 행동과 로기완의 모습에 대해 '머뭇'거리고, '주저'하는 나의 생각들이 겹쳐서 기술되고 있다. 이때의 머뭇거림과 주저는 대상에 대해 확신 없는 나의 우유부단함이 아니라, 타자로서의 타인을 함부로 판단하려 하지 않는, 손쉽게 재현되거나 일반화될 수 없는 타자의 삶을 이해하려는 신중함에 근거한다. 로기완의 내밀한 일상과 생각이 기록된 일기를 읽고 그가 살았던 집과 머물던 공간을 따라가 보지만, 그것은 어디까지나 기록과 자료에 근거한 사후적인 유추일 뿐. 나는 로기완이 당시 가졌던 감정과 생각, 행동들을 온전히 알 수 없기 때문이다. 이렇듯 소설은 서술자가 타인에 대해 말하면서도, 타인에 대해 알지 못하고 있음을 동시에 내포하고 있다.

브뤼셀에 와서 로의 자술서와 일기를 읽고 그가 머물거나 스쳐 갔던 곳을 찾아다니는 동안, 로기완은 이미 내 삶 속으로 들어왔다. 그러니 이제 나는 로에게도 나를, 그 자신이 개입된 내 인생을 보여줘야 한다.

'나'는 로기완의 고통에 섣불리 연민을 느끼거나, 동정심을 표명하지 않는다. 다만 아주 천천히, 내가 할 수 있는 방식과 태도로 그에게 다가가기 위해 노력한다. '나'는 로기완을 손쉽게 대상화하지 않는 과정에서 그가 내 삶에도 깊숙이 다가왔음을 알게 된다. 타자를 알기 위한 여행에서 역설적으로 나를 알아가는 것. 비록 타인은 영원히 타자로 남겠지만, 당신을 이해하기 위해 한 발짝 다가가는 것. 모든 관계의 시작은 거기서 출발하는 것임을 소설은 넌지시 알려주고 있었다. 내가 조해진의 소설을 신뢰하는 이유이다.

 조해진, 『로기완을 만났다』, 창비, 2011

누군가의 첫 소설

P대학교 대학신문을 펼쳐 이런저런 기사를 읽는다. 학교 안팎에서 일어나고 있는 크고 작은 사건들을 보다가, 신문 하단의 광고에 눈길이 멈춘다.

'제57회 대학문학상 작품공모'

공모부분과 대상, 일정, 응모요령, 시상내역까지 빠짐없이 읽는다. 그리고는 혼자서 슬쩍 웃는다. 문득, 10년도 훨씬 전의 내 모습이 떠오른다. 그때도 이렇게 꼼꼼히 응모요강을 읽었던 것 같다. 행여나 빠트린 부분이 있나 싶어, 두 번, 세 번 확인하면서 말이다.

대학교 3학년 여름방학 때, 태어나서 처음으로 '소설'이란 걸 써봤다. 그 전까지의 나는 책 읽는 것을 좋아했을 뿐 소설이나 시, 혹은 희곡이나 수필 등 창작과는 거리가 먼 사람이었다. 흔히들 말하는 중·고등학교 시절의 문학소녀나 학교대표로 나가 상을 휩쓸어 오는 백일장 키즈도 아니었다. 특별활동 부서로 문예부나 도서부 활동을 한 적도 없었다(나는 전통문화연구부, SFC 등의 서클활동을 했다). 그런 내가, 무슨 생각으로 대학교 3학년이나 돼서 소설을 썼는지 모르겠다. 갑자기 문학적 영감을 받거나 엄청난 창작 욕구가 생긴 것도, 학점을 받기 위해 억지로 글을 써야 하는 것도 아닌데 말이다.

어렴풋하게나마 추측해 본다면 당시의 나는 대학교 3학년이라는 학년과 나이가 주는 무게감에 힘들어하고 있었던 듯하다. 환상을 가지고 시작한 연애는 시들시들 시시하게 끝이 나 버렸고, 대학 생활에 대한 흥미나 호기심도 사그라진 지 오래였다. 이제 남은 것은 졸업 학점 채우기와 취업 준비뿐이었다. 막막했다. 얼마 안 있으면 졸업을 하고 사회로 나가야 하는데, 나는 전혀 준비되어 있지 않았다. 하물며 태풍도 진로랑 방향이 있다는데… 나는 무엇을 해야 할지, 내가 무엇을 잘하고 좋아하는지 도무지 알 수가 없었다. 친구들은 저마다 목표를 향해 성큼성큼 앞으로 나아가는데 나 혼자 뒷걸음질을 하는 기분이었다. 때늦은 사춘기를 20대가 되어서야 겪었다고나 할까.

아마 그런 답답함과 초조함을 토로, 극복하고자 무언가를 썼던 것 같다. 친구에게도 말하기 어려운 내용들을 홀로 모니터 앞에 앉아 쓰기 시작했다. 친구들이 토익 공부를 하는 도서관에서, 식구들이 잠든 시간 주방 식탁에서 무언가를 쓰고 지웠다. 그렇게 쓴 글들이 모이니 소설 비스무리 한 것이 만들어졌다. 이게 뭔가, 똥인가, 글인가, 된장인가, 소설인가, 일기인가. 다 쓴 이야기를 프린트해서 물끄러미 내려다보았다. 누군가가 내 이야기에 답변해 주면 좋겠다는 생각이 들었다.

아무도 몰래, 학교 문학상에 응모했다. 심사평에 한 줄만 언급되면 좋겠다는 바람이었다. 그조차 없다면 깨끗이 접고 취업준비에 매진할 계획이었다. 나는 그해 대학 문학상 수상자가 되었다. 내 소설이 게재된 신문을 들고, 지금은 없어진 인문관 뒤 해방터에 앉아 홀로 훌쩍였다. 가을 햇볕이 무참할 정도로 좋은 날이었다. 신문 속의 내 소설과 소설 옆에 나란히 인쇄된 호빵 같은 내 얼굴을 보고, 칼날처럼 벼린 언어로 쓰인 심사평을 읽었다. 그리고 그날, 나는 글을 쓰는 사람으로 살고 싶다는 생각을 했었다. 희미하게나마 내게 어떤 재능 같은 것이 있지 않을까, 하고 스스로를 다독이기도 했다. 그 후 등단까지는 오랜 시간이 걸렸고, 등단 이후 첫 책을 준비하기까지 또 많은 시간을 견뎌내야 했지만 말이다.

소설가 김연수는 산문집 『소설가의 일』에서 이렇게 말했다.

획기적으로 나아지지도, 그렇다고 갑자기 나빠지지도 않는 세계 속에서, 어떤 희망이나 두려움도 없이, 마치 그 일을 하려고 태어난 사람처럼 일하는 사람들의 세계 속에서 (…) 매일 글을 쓴다. 한순간 작가가 된다. 이 두 문장 사이에 신인(新人), 즉 새로운 사람이 되는 비밀이 숨어 있다.

유난히 무더웠던 여름, 누군가는 흰 종이 앞에서 신인(新人)이 되기 위해 쓰고, 쓰고, 쓰고, 고치고, 쓰기를 반복했을 것이다. 그리고 그렇게 탄생한 글을 조심스레 품속에 넣고 학교 신문사에 응모했을 것이다. 11월 말이 되면 그 누군가의 글이 대학신문에 게재되겠지. 10년도 더 전의 나와 같은 누군가의 글을, 새로운 사람이 되고자 애썼을 어떤 이의 마음들을, 나는 신문이 발행되는 날, 가장 먼저 찾아서 읽어보려 한다.

김연수, 『소설가의 일』, 문학동네, 2014

혼자서 밥 먹기

　스무 살 때였다. 타 지역으로 대학을 간 고교동창이 전화를 했다. 수화기 건너 그녀의 목소리는 한껏 들떠 있었다.

　"있잖아, 나 이제 어른이 된 거 같아."

　어른이 됐다고? 이제 갓 스무 살의 문턱을 넘은 내게 '어른'이 되었다는 친구의 고백은 오로지 하나의 방향으로만 귀결되었다. 콩닥콩닥 가슴이 뛰면서 친구가 할 다음 이야기가 내심 기대되었다. 한편으론 보수적인 가정에서 자란 탓에 그 짧은 순간에도 온갖 걱정과 염려가 머릿속을 가득 메우며 친구에게 해야 할 말을 고르고 있었다.

　"혼자 국밥집에 가서 돼지국밥 먹었다."

　내가 반응을 보이기도 전에 친구가 말을 꺼냈다. 얼굴 표정이 보이지 않지만 그녀가 꽤나 스스로를 자랑스럽게 여기고 있다는 것을 느낄 수 있었다. 전혀 예상하지 못했던 친구의 말에 나는 걱정과 호기심을 동반하고 있던, 그 질문들을 꿀꺽 삼켜야 했다. 어른이 되었다는 그녀의 말이 무슨 뜻인지 명확히 파악했기 때문이다.

윤고은의 단편소설 「1인용 식탁」을 읽고 그때의 일이 떠올랐다. 소설 속 주인공은 평범한 회사원이다. 어느 날부터 그는 무슨 연유에서인지 '혼자서' 점심을 먹는다. 혼자 먹는 밥에 익숙지 않았던 주인공은 KFC, 던킨도너츠 등에서 끼니를 해결하다, 급기야 혼자 '밥' 먹는 법을 가르쳐 주는 '학원'에 등록한다. 패스트푸드점에서 끼니를 해결할 수는 있지만 사람들이 붐비는 점심시간에 홀로 음식점에 들어가 '밥'을 시키기에는 무리가 있기 때문이다. 5단계로 이루어진 수업은 분식집, 중국집, 결혼식, 고깃집, 횟집 등에서 혼자서 자연스럽게 밥을 먹을 수 있는 비법을 제공한다. 복습과 자습은 점심이나 저녁시간을 이용해 스스로 해야 한다.

학원 수업을 듣는 동안 주인공은 점심시간에 고깃집을 방문한다. 그리고 떳떳하게 '혼자' 앉아서 삼겹살을 주문한다. 이건 학원 수업의 연장이니 어색할 필요도, 다른 사람의 눈치를 살필 필요도 없다. 모의토익은 공인시험처럼, 공인토익은 모의고사처럼 치라는 유명강사의 말처럼 주인공은 부담 없이 삼겹살 2인분과 소주 1병을 시킬 수 있었다.

홀로 국밥을 먹은 후 어른이 되었다는 친구의 말처

럼 소설 속 주인공은 이제 어른이 될 수 있을까? 우리는 왜 홀로 밥 먹는 일에 이다지도 익숙지 못한 것일까? 그것은 비단 '밥' 먹는 일에 국한되는 것일까? 혼자 여행가고, 혼자 영화 보고, 혼자 쇼핑하는 일들이 누군가에겐 편하고 자연스러운 일상이지만, 다른 누군가에겐 어색하고 피하고만 싶은 일인 것 같다. 그 중 '혼밥'이라는 단어에는 그것이 홀로 행하기 어려운 행위라는 의미가 짙게 깔려 있는 듯하다.

소설 속 주인공은 5단계까지 마스터한 후에 다시 학원을 재등록한다. 모의고사가 없어지고, 실전만 남은 현실을 그는 수용치 못했다. 다시 홀로 밥을 먹고, 타인의 시선을 견뎌야 한다는 것이 어색하고 부담스러울 뿐이다. 그보다 또다시 홀로 남겨졌다는 사실을 인식하고 싶어하지 않는다.

대학 구내식당에 들러 점심을 먹었다. 홀로 밥을 먹는 이들이 창가에 마련된 식탁에 앉아, 창밖을 바라보며 밥을 먹는다. 그들은 무언가에 쫓기듯 허겁지겁 밥을 입안에 디밀어 넣는다. 창가에 앉지 않은 이들은 한 손엔 숟가락을, 다른 손엔 스마트폰을 들고 있다. 짝을 지어 밥을 먹는 이에게선 볼 수 없는 조급함과 어색함이 그들에게선 보인다. 홀로 먹는 밥을 즐기게 될 때 고교동창은 어른이 되었다고 했다. 무언가를 혼자서 할 수 있게 되었을 때 아이는 어른이 될 것이다. 하지만 학원까지 등록해서 밥 먹는 법을 배워야만 어른이 되는 것인지. 어른은 '같이'가 아니라 '홀로'가 주체가 되었을 때만 되는 것인지. 오늘도 나홀로 점심을 먹으면서 생각해 보았다.

윤고은, 「1인용 식탁」, 『1인용 식탁』, 문학과지성사, 2010

내가 읽은 김영하 작가의 첫 번째 소설은 『나는 나를 파괴할 권리가 있다』였다. 스무 살을 막 넘긴 시절, 서점에서 강렬한 제목의 소설을 발견했고 주저 없이 책을 꺼내 펼쳤었다. 1793년 다비드가 그린 '마라의 죽음'이 검은색 표지 위에 그려져 있었다. 열 글자가 넘는 제목과 어둠처럼 까만 표지, 그리고 죽음의 순간을 포착한 그림은 삶과 죽음에 대해 고민하던 당시의 나에게 강력한 호기심을 불러일으켰다. 신세대 작가라고 불리는 소설가의 첫 책이라는 점도 구미를 자극했다. 돌이켜 생각해보면 그날의 선택은 중·고등학교 문학 교과서 수록 작품에 익숙해 있던 내게 '이런 소설도 있다!'라며 새로운 세계관과 방향점을 제시해 준 사건이기도 했다.

10년도 더 전에 읽은 소설을 최근에 다시 읽게 되었다. 한 달에 한 번 하는 독서 모임에서 김영하 소설가의 책을 읽기로 해서였다. 첫 책을 낸 이후, 작가는 꾸준히 단편소설과 장편소설, 에세이집을 내었고, 라디오 프로그램 DJ를 맡고 케이블 TV 예능방송의 고정패널로도 출현했다. 열 글자가 넘는 긴 제목의 첫 소설집을 냈던 소설가는 이제 한국소설을 읽지 않는 사람도 다 알 법한 유명작가가 되어 있었다. 그의 최근작인 『오직 두 사람』, 『살인자의 기억법』 등이 리스트로 거론되다가 『나는 나를 파괴할 권리가 있다』로 거슬러 올라간 것은 순전히 나의 개인적인 욕망 때문이었다. 줄거리조차 기억나지 않지만, 막대한 감정적 동요를 느꼈던 그 시절의 나로 다시 한번 돌아가서, 그때의 충격을 재현해 보고 싶었기 때문이다.

결론부터 말하면 스무 살의 나로 돌아가는 일에 실패하고 말았다. 당시엔 '힙'하다고 느꼈던 블루스, 재즈, 바게트와 커피, 예술작품과 철학 서적이 등장하는 소설이 2020년대를 살아가는 지금의 내겐 너무 낡고 촌스럽게 다가왔다. 휴대전화로 지구 반대편의 사람과 무료영상통화를 하고, 가정에서도 캡슐커피를 내려 마실 수 있는 시대에, 무언가 특별한 의식을 치르듯 원두를 갈아 커피를 마시고, 바게트를 구워 먹는다는 작중 인물의 태도는 더이상 새롭지도 신선하지도 않아서였다. 더욱이 내용보다 더 기억에 남았던 제목이 작가의 독창적인 창작물이 아니라는 점에서 김이 빠지고 말았다.

소설의 제목은 『슬픔이여 안녕』을 쓴 프랑수아즈 사

강이 마약 복용과 상습도박으로 법정에 섰을 때 한 말이었다. 원문은 이러했다.

남에게 피해를 주지 않는 한, 나는 나를 파괴할 권리가 있다.

출생은 내 선택이 아니었으나, 죽음을 포함한 내 신체와 정신에 대해 다른 사람에게 피해를 주지 않는 선에서 나를 파괴 할 수 있다는 뜻이었다. 김영하 작가가 지은 제목은 아닐지라도 자살관리사 '나'가 주인공인 소설과는 썩 어울리는 제목이었다. 작가가 프랑수아즈 사강의 영향을 받아 제목을 지었다는 인터뷰 기사도 뒤늦게 보게 되었다.

그러니까 그 시절의 내가 몰랐을 뿐인지 이 책의 제목을 지은 경위는 이미 세상에 나와 있었다. 작품은 시대상을 반영하기 마련이니 1996년에 쓴 소설이 1996년의 사회를 반영한 것도 당연한 일이었다. 몇 쇄를 거듭해도 소설의 제목과 내용은 그대로인데, 변한 것은 오로지 소설을 읽고 있는 '나'뿐이었다. 그 사실을 실감하니 소설과는 관계없이 조금 서글퍼졌다. 같은 소설을 읽고도 이토록 다르게 반응하는 나는 그사이 어떻게 변한 것일까. '죽음'을 선택할 권리가 스스로 있다고 느꼈던 나는 이제,

한 아이의 엄마가 되어 모두가 건강하게 오래오래 살았으면 좋겠다는 생각을 하고 있었다. 열 글자가 넘는 제목에 매혹되었지만, 지금은 외우기 쉬운 짧고 굵은 제목들이 더 편하다고 느꼈다. 소설 속 '마라의 죽음'과 '유디트(Judith)' 도록을 찾아보았던 나는 아이와 함께 손에 묻지 않는 크레파스로 '슈퍼윙스'와 '헬로카봇'을 그리고 있었다. 이런 생각이 들자 정말인지 스스로가 변한 것 같아서 한 번 더 슬퍼졌다.

소설 내용보다는 소설을 읽고 있는 나의 상황과 현실에 대한 한탄만 더 늘어날 뿐이었다. 책을 읽고 이런 생각을 하는 사람이 많은 것일까. 책장을 덮으니 어둠 같던 검은 표지가 개정판을 찍으면서 파스텔 풍의 환한 표지로 바뀌어 있었다. 영원한 신세대 작가, 김영하 소설가가 자신의 소설과 함께 나이가 드는 독자를 위로하는 방법인 듯싶어 나는 또 한 번 서글퍼졌다.

김영하, 『나는 나를 파괴할 권리가 있다』, 문학동네, 2010

어느 날, 아기가 입술을 붙였다 떼며 '음마'하고 말했다. 초보부모는 제 아기가 '엄마'라고 말했다며 너무나 좋아한다. 다음날 아기는 조금 세게 두 입술을 붙였다가 떼었다. 그러자 입술 사이로 '음빠'하는 소리가 나왔다. 초보부모는 아기가 '아빠'를 말했다며 아기를 얼싸안으며 좋아했다. 고작 입술을 붙였다가 떼는 단순한 행동의 반복으로 언어는 만들어지고, 언어의 기능을 알고 있는 이들은 거기에 의미를 부여한다.

아기가 자라면서 단어를 말하기 시작했다. 그림책 속의 '초승달'을 가리켜 아기는 '바나나'라고 말한다. 그 말을 듣고 보니 초승달이 바나나로 보이기 시작한다. 작고 동글동글한 것을 '콩'이라 말했더니, 동그랗게 생긴 '공'을 가리키며 아기는 무조건 '콩'이라 말한다. 아기의 행동을 보며 부모는 '콩'과 '공'의 간격이 그리 멀지 않다는 것을 알게 된다.

그림책 속에서 '시계'를 배웠다. 이후 아기는 거실 벽에 걸린 동그란 원목시계, 책상 위의 탁상시계, 음식점의 커다랗고 둥근 시계, 할머니 댁의 추가 길게 늘어진 벽걸 이 시계를 가리키며, '시계'라고 말한다. 심지어 할아버 지 손목에 있던 갈색 가죽 줄의 손목시계도 '시계'라 언 급한다. 이쯤 되니 아기의 머릿속에서 무슨 일이 벌어지 고 있는지 궁금해진다. 아기와 엄마는 그림책 속의 시계 를 가리키며 시계라 말했는데, 아기는 그 후 모양과 크기 가 다른 모든 시계를 저 혼자 구분해 내고 시계라 말하고 있다. 각 시계의 쓰임과 역할에 대해 말해주지 않아도 아 기는 저 혼자 그것을 추론하고 이끌어내어 시계라 명명 하는 것이다.

그리하여 아기는 이제 집 안 곳곳의 사물들을 가리 키며, 사회적 합의에 의해 만들어진 '언어'라는 도구를 사 용하게 된다. 콩과 공을 구분하며, 시계와 둥근 시계를 분 류하고, 밤하늘에 걸린 초승달과 접시 위의 바나나가 다 르다는 것을 알게 된다. 엄마는 아기가 말을 한다는 것을 넘어서서 이 아기의 작은 머릿속에서 얼마나 대단한 일 이 벌어지고 있는지를 상상해 본다. 그것은 내 아기뿐 아 니라 세상의 모든 인간이 거쳐 간 일이고, 지금도 통과하 고 있으며, 앞으로도 일어날 일이겠지만. 인간이 '언어'라 는 도구를 사용할 줄 안다는 것의 놀라움에 대해서, 그것을 습득하고 활용하는 방법에 대해 아기를 통해 다시 한 번 생각해 보게 되는 것이다.

나뭇잎이 푸르고 있다. 짙푸르고 있다. 진푸르고도 있다. 간혹 연푸르고도 있는 나뭇잎이 올라가면서 더 푸르고 있다. 올라가면서 가늘고 있는 나뭇가지가 더 올라가면서 가늘고 있다. 여름 한창을 가늘고 있다. 여름이 가늘고 있다.

그러다가 엄마는 문득, 김언 시인의 「있다」라는 시를 떠올린다. 아기와 엄마는 동화책을 읽으며 나뭇잎이 '푸르다'라고 말했다. 아기는 이제 나뭇잎을 떠올리면 자연스레 '초록색'을 연상하게 된다. '초록 나뭇잎'은 하나의 단어처럼 아기에게 사용된다. 하지만 김언 시인의 시처럼 나뭇잎은 '푸르다'라고만 말할 수 없다. 그것은 푸르고 있는 중이며, 어느 순간 짙푸르기도 하고, 진푸르기도 한다. 간혹 연푸른 나뭇잎의 모습을 띠기도 하고, 앞서 말한 모든 것이 다 합쳐진 모습으로 나타나기도 한다. 또는 그 모든 모습이 아니기도 하다. 그러니 나뭇잎을 '푸르다'라고 명명하며, '초록 나뭇잎'이라 말하는 것은 나뭇잎을 제대로 말하지 못하는 것이다. 마치 프리즘을 통과한 무지개 색깔이 일곱 빛깔이라고 말할 수 없는 것처럼. 색과 색의 경계에서, 색과 색이 나눠지고 합쳐지는 부분에서 무수히 많은 색들이, 일일이 열거할 수 없는 빛들이 발현되고 있는 것처럼 말이다.

그리하여 엄마는 다시 고민에 빠진다. 아기가 '언어'라는 도구를 사용하여 엄마와 대화하는 날을 간절히 기다렸음에도 불구하고. 아기가 언어를 사용함으로써 세상을 분절하고 구획하며 단순화시키게 되는 것은 아닌가, 라는 물음을 무언가를 말하고 있는 아기의 오물거리는 입술을 보면서 던져보게 되는 것이다.

김언, 「있다」, 『한 문장』, 문학과지성사, 2018

문학하는 마음들

이번 학기 특강을 나갔던 한 대학의 학생에게서 연락이 왔다. 안부 인사와 함께 한번 뵙고 싶다고. 달뜬 표정으로 내게 이런저런 질문을 하던, 소설을 쓴다는 여학생의 얼굴이 떠올라서 그러자고 대답을 보냈다. 생각해보니 단발성 특강이나 한 학기 수업이 끝나고 나서도 연락을 해 온 학생들이 종종 있었다. 내가 좋은 선생이거나, 탁월한 강의법을 가지고 있어서가 아니었다. 그들은 모두 '문학'을 꿈꾸는 이들이라는 공통점을 가지고 있었다. 안부 인사의 끝은 메일 주소를 묻는 것으로 끝이 났고, 그들은 전화 통화를 끝내자마자 내 메일로 몇 개의 원고를 보내왔다. 이름과 제목을 또박또박 적은 습작 원고들. 어떤 마음으로 그 원고들을 쓰고, 내게 연락을 했을지. 답답함과 두려움, 주저하고 망설이는 마음, 그럼에도 무언가 이루고자 하는 열망과 욕망들. 정리되지 않은 그 감정들이 부족한 강사였던 나에게까지 연락을 하게 만들었다는 걸, 너무나 잘 알고 있었다. 그것은 나 역시 가졌던, 아니

지금도 가지고 있는 마음이기 때문이다.

습작 원고를 읽은 소감을 다시 메일로 보냈다. 그렇게 몇 차례 메일을 주고받는 동안 학생들은 내게 정말 궁금했던 것을 묻기도 했다.

"문학을 해서 정말 먹고살 수 있을까요?"

밤을 새워 소설을 쓰고, 시어(詩語)를 섬세하게 골랐으며 시나리오의 구성을 수정했지만, 현실적인 질문들이 그 모든 것 앞에 서 있었다. 문학을 하고자 하는 마음을 활짝 펼칠 수 없는 건, 문학이 밥벌이가 되기 어렵다는 지독한 현실 때문이었다.

어떤 답을 돌려주어야 할까, 머뭇거림 앞에서 떠오른 책은 김필균의 인터뷰집 『문학하는 마음』이었다. 『문학하는 마음』은 '그놈의 문학병'을 버리지 못한, 문학병을 업으로 삼고 있는 11명의 이야기이다. 그림책 작가, 시인, 소설가, 극작가, 서평가, 문학잡지 편집자 등 문학을 중심으로 제 삶을 꾸려나가는 사람들의 솔직하고 성실한 마음들이 기록되어 있다. 작업 방식과 태도, 실생활과 문학의 접점, 그리고 생계로서의 문학 등 평소 작가들에게 궁금했으나 쉽게 알지 못했던 은밀한 부분들이 문답 형식으로 제공된다. 분야는 다르지만 문학을 공통분모로 두었다는 점에서 나 역시 책을 읽는 내내 고개를 끄덕이며 웃다가,

홀로 짠해져서 코끝이 시큰해지기도 했다.

돈을 벌기 위해 시를 쓰는 시인은 아마 없을 거예요. (…) 시로
는 돈을 벌 수도 없고, 만약 있다고 하더라도 그런 목적으로는
좋은 시를 쓸 수 없다는 것을 시작부터 알고 있으니까.

학생들에게 이런 농담을 해요. 빌딩이 있는 사람이 희곡을 쓸
수는 있지만 희곡을 써서 빌딩을 살 수는 없다고.

박준 시인과 극작가 고재귀의 말이다. 인터뷰집의
11명의 작가들은 같은 질문에 대해 비슷한 대답을 내놓
는다. 나 또한 같은 대답을 할 것이다. '문학이 밥이 되긴
어려워요.' 예비작가들에게 잔혹할지라도 그것이 이 땅의
작가들이 서 있는 냉혹한 현실이니까 말이다.

그럼에도 이 말을 쉽사리 꺼내지 못한 것은 '그렇지
않다'라는 답을 은연중에 바라는, '문학해도 된다'는 답을
기다리는 학생들의 마음 역시 잘 알고 있기 때문이었다.
좋아하는 일을 하면서 밥벌이도 할 수 있는 삶은 언제쯤
도래할까. 그것은 문학하는 마음들에겐 영원히 불가능한
일일까(문학하는 마음뿐 아니라 모든 일에 그렇겠지만).
언제까지 하고 싶은 일과 해야만 하는 일 사이에서 지켜

운 줄다리기를 해야 하는 것일까. 학생의 질문은 다시 나에게로 돌아와서 여러 의문을 남겼다.

하지만 소설을 쓰고자 하는 그 마음이, 그 길에서 성공하지 못할지라도, 삶을 조금 더 나은 방향으로 살 수 있게 하지 않을까 한다.

'그럼에도 불구하고' 문학병을 앓는 마음들을 응원하는 건 소설가 최은영의 저 고백이 진심으로 와닿았기 때문이다. 문학으로 밥벌이를 하긴 어려워도 글을 쓰는 동안 내가 조금 더 나은 사람이 될 수 있다면, 조금 더 괜찮은 방향으로 나갈 수 있다면, 이 역시 문학을 할 수 있게 하는 이유가 되지 않을까 싶다. 결과를 예상할 수 없지만 그 과정 자체만으로도 의미가 있으니까. 그러한 마음으로 문학병을 앓는 모든 이들에게 응원을 보낸다.

김필균, 『문학하는 마음』, 제철소, 2019

"소설 속에 부산 지명이 나오니 이해가 잘 되면서도 낯설어요."

누군가의 소감에 그 자리에 있던 사람들이 공감한다는 듯, 고개를 끄덕이며 웃었다. 독서 모임에 있던 사람들 모두 지금, 현재 부산에서 생활하고 있는데. 왜 부산 지명이 나오는 소설이 어색하고 낯설었던 것일까.

독자들에게 혼란을 가중시킨 소설은 다름 아닌 내 소설 「밤의 행진」이었다. 예비부부가 신혼집을 구하기 위해 부산의 여러 동네를 방문하면서 일어나는 일이 소설의 주요 서사인데, 그중에는 예비 신부가 과거에 혼자 살기 위해 '원룸'을 구하는 장면도 있었다. 예컨대 이런 구절 말이다.

부전동, 범일동, 문현동, 가야동…… 지도 위의 동그라미들은 점점 커져 갔다. 서면에 있는 임용 학원이 그나마 가까우면서도 집값이 싼 곳을 알아보아야 했다. 무료정보지와 생활 게시판을 챙겨보고 인터넷 부동산을 즐겨찾기 해 놓았다.

부산 거주인이라면 초·중등 임용고시, 경찰·소방공무원, 9급 행정직 공무원 시험을 위한 학원들이 서면 일대에 가장 많다는 것을 잘 알 것이다. 그러니 20대 후반의 여주인공이 임용고시를 위해 서면 일대에 원룸을 구하려고 노력하는 건 새롭거나 낯선 일이 아니다. 그럼에도 독서 모임의 독자들은 생활 속에서 지극히 당연하다고 받아들이는 상황들을 소설에서는 낯설게 보고 있었다.

우리에겐 소설 속 주인공이 서면보다는 서울의 '노량진'이나 '신림동'에서 고시공부를 하고, 부산대 앞, 경성대 주변보다는 '홍대 입구'나 '명동'에서 친구를 만나는 장면이 더 익숙하기 때문은 아닐까. 구포역에서 고향 친구를 만나기보다는 '서울역'에서 극적 상봉을 해야 무언가 더 소설적이라 느껴지게 되고 말이다. 나의 이런 생각을 이야기하니 그 자리에 있던 사람들이 다시 한번 고개를 끄덕이며 웃었다.

수도권 작가들이 어떤 특권이나 우월의식을 가지고 수도권 지명을 소설 안에 써넣는 건 아닐 거다. 그들에겐 그게 일상일 테니까. 문제는 비수도권 지명을 소설 안에 쓰려고 하면, 그게 어떤 '장치'로서 작용해야 한다는 의식이 깔리기 시작한다는 것이다. 해운대면 왜 굳이 해운대여야 하는지, 보수동이면 왜 보수동이어야 하는지 납득할 수 있는 근거가 제시되어야 할 것 같은. 부산은 내게 일상인데, 일상으로서의 부산을 쓰려고 하면 왠지 몸이 굳는다. 나도 모르게 검열이 작동하는 거다. 뭐랄까, 우리 몸에 무의식적으로 지역의 위계 설정이 되어 있는 듯하다.

독자들이 느낀 이상하고 낯선 감각은 사실, 나에게도 적용된다. 인용문은 문학 잡지 『비릿(be:lit)』과의 인터뷰에서 내가 한 말이었다. 독자로서뿐 아니라 작가로서도 부산의 지명들을 소설 속에 쓰려고 하면, 부산만이 가지고 있다는 '고유성', '차별성' 등을 내세워서 소설의 내적 논리를 만들어야 할 것 같은 강박이 생겼기 때문이다.

하지만 그러한 고유성과 차별성을 제외하고도 부산은 일상으로서의 매력과 활력도 가지고 있는 도시이지 않을까 싶다. 굳이 부산하면 '해운대'와 '자갈치아지매', '부산국제영화제', 세계에서 가장 크다는 '센텀시티'의 한 백화점을 언급해야만 하는 것은 아니지 않을까. '부산다운 것'이란 말에 내포된(그러나 나는 그것이 무엇인지 여전히 모르겠는) 환상과 강박에 사로잡혀서 지금-이곳을 보고 있지 못하는 것은 아닐까 하는 생각이 들었다.

　이런 고민은 좀 더 다양한 모습의 부산이 문학 작품 속에 등장했으면 좋겠다는 바람으로 이어졌다. 치솟는 집 값에 힘들어하는 30대, 좁아지는 취업문에 좌절하는 대학 생과 첫사랑에 아파하는 '부산 사투리'를 쓰는 귀여운 주 인공들이 나오는 문학작품으로 말이다. '장치'로서의 장 소가 아니라 '생활공간'으로서의 부산을 그려내고 싶다, 라는 말에는 이러한 나의 생각과 고민이 담겨 있었다. 물 론 이 고민은 나만 하는 것이 아니라 지역의 많은 작가들 이 하고 있을 것이다. 그리고 갑자기 해결되거나 해소할 수 있는 문제도 아닐 것이다. 그럼에도 이러한 고민과 의 심, 다짐들이 모여서 부산을 형상화하는, 또는 지역의 다 양한 모습을 담은 다채로운 작품들이 나오면 좋겠다.

▮▮ 오선영, 「밤의 행진」, 『모두의 내력』, 호밀밭, 2017
▮▮ 『비릿(be:lit)』 1호, 책읽는저녁, 2019

결혼보다는 사랑

정세랑의 소설을 알게 된 건 지인이 리그램한 인스타그램 계정 덕분이었다. 평소 문학 애호가를 자처하는 지인은 소설 속 문장과 문단을 발췌해서 소개하는 SNS 계정을 여러 개 따라다니고 있었다. 그중 좋은 문장을 하루에도 몇 개씩 리그램해서 다른 이들에게 소개했다. 지인은 분명 선한 의도를 가지고 한 행동이지만, 솔직히 말하면 난 그 문장들을 자세히 읽은 적이 없었다. 마치 영화의 스포일러를 꺼려하는 것처럼, 내가 읽지 않은 작품의 문장을 만나는 것이 그 작품에 대한 선입견을 가지게 하는 것 같았다. 지독한 고집이라도 내 입맛과 취향에 맞는 작품들을 직접 고르고 싶었다.

그럼에도 그날따라 유독 한 문단이 눈에 들어왔다. 처음 읽었을 땐 지인이 직접 쓴 글인 줄 알았다. 그런데 미혼인 지인이 "결혼 두 달 만의 일이었다"라는 문장을 쓰다니. 가상의 일인가? 의아해하면서 다시 살펴보니 어느 소설의 문장이었다. 소개된 문구는 다음과 같았다.

29. 한 이불을 덮고 자는 것에 처절하게 실패했다. 결혼 두 달 만의 일이었다. "안 되겠다. 이불은 각자 덮자." 둘 다 돌돌 말고 자는 스타일이라 어쩔 수 없었다. "우리는 한 이불 덮는 사이가 아니네." 농담을 했지만 여자는 솔직히 침대도 따로 쓰고 방도 따로 쓰고 싶었다. 가벼운 수면장애가 있기 때문이었다.

　신혼부부의 잠자리 모습에 대해 짧게 묘사한 글이었다. 그다지 특별하거나 색다르지 않은 에피소드를 낄낄거리면서 읽은 건, 신혼 초 내가 겪었던 일이 자연스레 떠올라서였다. 로맨틱 드라마 속 달콤한 장면을 상상하며 남편과 팔베개를 하고 누웠건만. 시간이 흐르면 흐를수록 팔이 아프고 저려 왔다. 더욱이 남편은 내가 예상했던 것보다 코골이가 심했고, 나도 예상했던 것보다 잠자리에 예민했다. 결국 남편과 등을 대고 돌아누워 도서관에서나 사용할 법한 3M 주황색 귀마개를 한 채 잠을 자야 했다. 남편이 싫거나 미운 게 아니었다(한창 눈에 콩깍지가 껴 있던 신혼이 아닌가!). 단지 우리 두 사람의 취침 습관이 너무 달랐으며, 숙면을 취해야 다음 날 출근을 할 수 있어서였다. 이렇게 사실적인 에피소드를 삽입한 소설은 도대체 뭔가. 친구의 SNS 계정을 통해 이 소설이 정세랑의 「웨딩드레스 44」라는 것을 알게 되었다.

"캐나다데이 세일기간에 밴쿠버의 작은 창고에서 픽업되어 한국으로 수입된" 웨딩드레스를 입게 된 44명의 여자가 이 소설의 주인공이다. 번호순으로 짧은 에피소드가 나열되어 있는데 소설의 주 내용은 결혼 준비과정과 결혼식, 신혼생활이었다. 내가 읽은 에피소드는 이 드레스를 입은 스물아홉 번째 여자의 이야기였다.

소설 속 다섯 번째 여자는 스물세 살의 신부다. 대학 졸업도 안 한 예비 신부를 가리키며 어른들은 말한다. "어리고 깨끗하지." 그 말의 함의가 무엇인지 짐작이 가기에, 신부는 수많은 의문들이 부글거리지만 입을 다문다. 열여덟 번째 여자는 친구들을 불러 청첩장을 전달한다. 그중에는 동성애자인 친구도 있다. 결혼이 피곤하고 불편한 제도라고 열을 내는 여자에게 동성애자 친구는 말한다. "내가 촌스러운 환상이 있나 봐, 나도 좀 해보고 싶어 하든가 할게. 동거도 좋고, 시스템 안에 들어가는 것도 좋지만 일단 외치고 싶어. 우리 둘이 계속 함께하기로 정했다고." 친구의 이야기를 들은 열여덟 번째 여자는 생각한다. 결혼이란 것도 결국 법의 문제, 제도의 문제이며 그것 역시 누군가의 특권이라고. 스물두 번째 여자는 추운 겨울에 애써 만나지 않아도 겨울 내내 남자와 껴안고 있을 수 있어서 결혼을 한다. 연애와 결혼은 현실이지만, 때론 이렇게 낭만과 애틋함을 동반하기도 한다.

44개의 일화를 통해 이 소설은 한국 사회에서 '결혼'이란 무엇인가에 대한 질문을 던지고 있었다. 결혼이라는 제도를 둘러싼 인식과 편견, 확신과 의심은 44명의 인물이 아니라, 현실의 한 사람이 겪을 수도 있는 특별하지 않은 일화들이다. 또한 소설은 기혼자와 미혼자, 비혼자 등 결혼과 연결된 여러 호칭에 대해서도 한 번 더 생각해 볼 수 있게 하였다. 가볍게 읽기 시작한 책이었는데, 소설을 다 읽고 나니 마냥 재밌다고만은 할 수 없는 묵직함이 있었다.

오늘도 지인은 소설 속 문장들을 SNS에 직접 쓰고, 리그램하고 있다. 실시간으로 올라오는 글들을 훅훅 넘기려다가 다시 찬찬히 읽어보았다. 그냥 넘기기에는 아까운, 아쉬운 문단들이 스마트폰 액정을 꽉 채우고 있었다. 한 문단씩 읽다가 원글을 다 읽고 싶은 책들을 표시해 두었다. 그렇게 다음에 만날 소설을 기대하면서.

정세랑, 「웨딩드레스 44」, 『옥상에서 만나요』, 창비, 2018

청춘1로

십 년 전만 해도 P대학교 구(舊)정문 일대에는 오래된 주택들이 즐비해 있었다. 담과 담의 경계가 모호하고 하나의 출입문으로 들어가면 여러 집들이 나오는, 엉켜버린 실타래 같은 집들이 빼곡히 들어차 있었다. '골목식당', '제일식당' 등 한 끼에 2,000원~3,000원 하는 정식을 마음 편히 사 먹을 수 있는 백반집도 많았다. 그곳은 주로 신축 원룸이나 고급 하숙집에 들어가지 못하는, 가난한 자취생들의 주거지였다.

나도 그 근처를 서성거리던 시절이 있었다. 집에서 통학을 했기 때문에 따로 자취를 한 건 아니지만, 친한 선배나 동기, 후배들이 그 일대에 살고 있었다. 학교 앞 주점에서 늦도록 술을 마시고도 집에 가기가 아쉬워, 캔 맥주와 마른안주를 사 들고 동기의 자취방으로 향했다. 대화의 주제는 연애 문제부터 가족이나 친구 관계, 취업과 진로에 대한 걱정과 한탄 등등 범위를 제한하지 않고 다양했다. 그러다 가끔 정치, 경제 이야기나 문학이니 철학,

예술이니 하는 다소 무겁지만 잘 알지 못하는 주제에 대해 이야기하기도 했다.

한 무리가 의견 대립으로 목소리를 높이며 얼굴을 붉힐 때가 있었다. 팽팽하게 날 선 이야기를 늘어놓다가 누군가가 귀퉁이에 있던 통기타를 연주했다. 방 안 가득 부풀어 오른 열기를 식히라는 듯, 감미로운 목소리로 노래를 시작하면 그전까지 대립구도에 있던 이들도 얼굴 근육을 풀고 노래를 불렀다. 지금 생각해보면 코미디 영화의 한 장면 같지만 당시의 우리에겐 꽤나 진지하고 엄숙한 일이었다.

그 골목의 정식 도로명이 '청춘1로'라는 것은 대학교 4학년이 돼서야 알았다. 여느 날과 마찬가지로 골목식당 백반정식을 먹고 학교로 가던 길, 고개를 들어보니 전봇대의 푯말이 바람에 흔들리고 있었다. 딸깍딸깍 소리를 내며 움직이는 푯말에는 '청춘1로'라는 지명이 적혀 있었다. 그 순간의 낯설고 신이한 기분이란. 매일 다니던 길이 색다르면서 이질적으로 느껴졌다. 동시에 무언가 반갑고 안심이 되는 복잡한 감정이 일었다. 다시 보니 그 골목 옆으로 '청춘2로', '청춘3로'가 자신을 봐 달라는 듯 기다리고 있었다.

햇빛에 지친 해바라기가 가는 목을 담장에 기대고 잠시 쉴 즈
음, 깨어보니 스물네 살이었다. 神은, 꼭꼭 머리카락까지 조리
며 숨어 있어도 끝내 찾아주려 노력하지 않는 거만한 술래여서

김경미 시인은『쓰다만 편지인들 다시 못 쓰랴』에 실
린「비망록」에서 위와 같이 말했다.
그러니까 골목길의 노래가 영원할 것 같았는데 나
는 어느 순간 스물네 살이 됐고, 대학교 졸업반이 돼 있었
다. 같이 이야기를 하던 친구들은 취업 준비에 여념이 없
거나, 휴학을 한 상태였다. 나 역시 친구들처럼 무언가 준
비를 하고 있으면서도, 스스로가 무엇을 준비하고 있는지
몰라서 답답하기만 했었다. 모든 것이 얼굴을 숨긴 '술래'
처럼 보이지 않던 날들이었다.

끝내 아무 일도 없었던 스물네 살엔 좀 더 행복해져도 괜찮
았으려만

그 후로 다시 시간이 흘렀다. 청춘의 길은 어느 순간
사라졌고, 그곳에는 대형 고층 아파트가 들어섰다. 좁은
미로 같던 청춘의 길은 어디에 있을까, 같이 노래 부르던
친구들과 골목길의 가로등은 어디로 떠났을까? 얼굴을

보여주지 않던 술래는 끝내 본인을 밝히지 않고 떠나버렸다. 그 길들이 사라지자 마치 대학 시절이 송두리째 뽑힌 것만 같아 마음이 아렸다.

깨어나 스물 다섯이면 쓰다 만 편지인들 다시 못쓰랴.

「비망록」의 시구를 다시 읽었다. "깨어나 스물 다섯이면" 어쩌랴. '길'이란 물리적인 실체가 아니라 마음속 표상으로도 존재하지 않는가. 그렇다면 사라져버린 청춘의 길을 안타까워만 할 필요가 없을 것이다. '청춘1로'가 사라졌지만, 당시의 친구들이 모두 떠나갔지만. 지금이라도 청춘의 노래를, 편지를, 이야기를 다시 한번 더 쓰면 되지 않을까. 이번에는 "실낱처럼 가볍게", "아무것에도 무게 지우지 않도록" 말이다.

■■ 김경미, 「비망록」, 『쓰다만 편지인 들 다시 못 쓰랴』, 실천문학사, 1989

무용(無用)한 것들

주민센터에서 전화가 왔다. 엄마가 직업이 없으므로 아이가 어린이집 종일반에서 맞춤반으로 바뀐다는 내용이었다. 1학기는 대학교 강의가 있어서 엄마의 직업이 확실했으나, 2학기에는 강의가 없는 상황이었다. 하지만 나는 몇 개의 특강이 잡혀 있었고, 한 달에 한 편씩 쓰는 문학칼럼과 청탁받은 소설도 써야 했다. 수화기 건너편의 담당자에게 시간강사로서의 직업은 없어졌지만 '소설가'로서의 일은 유지되는데, 그래도 종일반이 안 되냐고 물었다. 담당자는 4대보험 유무와 파트타임일 경우 주·월별 노동시간이 입증되어야 한다고 말했다.

전화를 끊고 부산문화재단과 한국예술인복지재단에 다시 전화를 걸었다. 내 상황을 이야기하고, 어떻게 하면 소설가가 직업임을 공적으로 증명할 수 있는지 문의했다. 발간된 소설집과 제의받은 원고청탁서를 제출하고, 한국예술인복지재단의 예술활동증명서를 제출하면 되지 않느냐고 물었다. 필요하다면 내가 속해 있는 문학단체의 확인서도 제출할 수 있다고 했다. 각 재단의 담당자는 그런 서류들이 내가 소설을 쓰는 사람임을 증명할 수 있으나, 2018년 제도상 어린이집 맞춤반을 종일반으로 바꾸기에는 어려울 것이라 말해주었다. 역시나 4대보험 유무와 주·월 단위의 노동시간이 공식적으로 인정되어야 하기 때문이라고 했다.

여기저기 전화를 해서 알아볼수록 가슴이 답답하고 화가 났다. 어린이집 종일반, 맞춤반 제도는 만 0~2세 어린이 부모의 맞벌이 여부, 다자녀 여부에 따라 나누어졌다. 맞춤반일 경우 9시부터 15시까지 6시간 동안 아이를 맡길 수 있으며, 그 외의 시간에는 시간당 4,000원의 추가 보육료를 부모가 부담해야 했다. 이에 따른 부작용들이 생기자 정부는 15시간까지 쓸 수 있는 무료 바우처를 제공하고 있었다. 그러니 무료 바우처를 사용하면 실질적으로 부모가 부담해야 하는 추가보육료가 그리 많은 편은 아니었다.

더욱이 나는 아직 어린 아기를 늦은 시간까지 어린이집에 맡기고 있지 않아서, 맞춤반으로 변경이 되는 것이 큰 부담도 아니었다. 그럼에도 화가 나고 답답한 것은 소설가를 '무직'으로 본다는 현행 제도의 시각 때문이었다. 나를 비롯하여 문화예술계 종사자들은 일반 회사원이나 직장과는 달리, 일하는 시간이 유동적인 편이다. 종일반, 맞춤반의 기준이 되는 주 몇 시간보다 더 일하는 날이 있고, 덜 일하는 날이 있다. 원고가 써지지 않을 때는 하룻밤을 꼬박 책상 앞에 앉아서 뜬눈으로 지새우기도 한다. 물론 그렇게 밤을 새운 날에 다른 날보다 많은 양의 글을 쓸 수 있는 것도 아니다. 하지만 그렇게 앉아서 혹은 서서, 산책을 하면서 어떠한 글들을 구상하고, 상상하고, 떠올리며, 쓰고 고치기를 반복하다 보면 어느새 글이 완성되어 있는 일들이 많다. 글을 쓰고, 그에 따른 원고료를 받는, 그러니까 다른 직업 종사자들처럼 노동을 함이 분명하지만, 노동시간이 좀 더 탄력적인 분야에 종사하고 있는 것뿐이다.

종영된 tvn의 한 드라마에는 '무용(無用)'한 것을 좋아하는 주인공이 나왔다. 하늘의 별과 바람, 꽃, 아름다운 것들을 좋아한다는 주인공의 대사를 보면서, 윤동주의 「별 헤는 밤」이 떠올랐다.

소학교 때 책상을 같이 했던 아이들의 이름과 패(佩), 경(鏡), 옥(玉) 이런 이국 소녀들의 이름과 벌써 아기 어머니가 된 계집 애들의 이름과 가난한 이웃 사람들의 이름과, 비둘기, 강아지, 토끼, 노새, 노루, '프랑시스 잠', '라이너 마리아 릴케' 이런 시인들의 이름을 불러봅니다.

별 하나마다 이름을 붙여보던 시인의 모습이 시와 함께 겹쳐졌다. 시인이 별을 세면서 불렀던 이름들은 오늘날의 현대사회에서 그야말로 무용한, 무가치한 것들이었다. 이윤을 창출할 수 있는 것만이 '유용(有用)'하다 여기는 사회에서, 시인은 왜 무용한 이름들을 그렇게 불렀을까. 시를 쓰고, 소설을 쓰는 일이 직업이 없는, 노동이 아닌, '무용'한 상태라고 말하는 자본주의 현실에서. 윤동주 시인이 살아있었다면 어떤 시를 썼을지 문득 궁금해진다.

덧붙임) 2020년 어린이집 맞춤반, 종일반이 폐지되었다. 보건복지부는 '영유아보육법 시행규칙 개정안'에 따라 어린이집 보육을 기본교육과 연장보육으로 개편하였다. 이에 따라 모든 아이들이 4시까지 어린이집 보육을 받고, 그 이후는 연장보육 전담교사가 투입되어 아이를 돌보게 되었다. 맞벌이, 외벌이 가족에 따른 구분이 없어졌으며, 어린이집 선생님의 휴게시간 보장되고 업무부담도 줄게 되었다.

▌▌ 윤동주, 「별 헤는 밤」, 『윤동주 시집』, 범우사, 2015

8월의 어느 날, 50명의 대학생들이 강당에 모였다. 2박 3일로 진행된 '여름 독서캠프' 때문이었다. 50명의 학생들은 5명씩 10개의 조로 나뉘어서 책과 관련된 여러 행사를 하였다. 첫째 날은 해당 도서를 읽고, 조별로 소모임 활동을 하였다. '지역, 청년, 대학생'이란 전체 주제에 맞추어 해당 도서의 내용과 실제 개인의 삶에 대해 생각해 보는 시간을 가졌다. 독서퀴즈대회를 하고, 주제와 관련된 영화를 보기도 했다. 둘째 날은 '지역을 탐(探/貪)하다'라는 슬로건 아래 해당 도서 속 배경이 된 장소를 비롯하여, 그동안 미처 가보지 못했던 부산의 명소들을 방문하였다. 지역의 표정 찾기, 우리끼리 내력 만들기, 골목지도 그리기를 한 후 최종적으로 지역견문록을 작성하여 발표를 하였다. 마지막 날에는 해당 도서를 쓴 작가를 초청해서 책과 관련된 이야기를 하는 시간을 가졌다.

이렇게 독서캠프 진행과정을 자세히 소개하는 이유는 부끄럽지만, 해당 도서의 작가가 나였기 때문이다. 나

는 강연자로 초대를 받아, 출판사 편집자와 함께 강연을
하고 왔다.

　　어느 작가든 그렇겠지만, 작가가 소설을 쓰는 과정
중에는 독자를 생각하지 않는다. 아니, '생각하지 않는 것
이 아니라 생각하지 못한다'는 표현이 더 적합한 듯싶다.
소설을 쓰는 과정은 그 자체로 나와의 싸움이기에, 다른
것을 생각할 여력이 없다. 쓰고, 지우고, 쓰고 다시 생각
하고, 고치는 지난한 과정은 오롯이 작가 개인이 감당해
야 하는 긴 여정이다. 물론 소설을 완성한 후, 주변 지인
들에게 보여주고 감상을 듣기도 한다. 하지만 이때의 감
상이란 소설 자체의 완성도, 즉 플롯이나 인물, 배경, 주
제와 관련된 것이지, 소설을 읽은 독자의 개인적인 감상
이나 소견을 말하는 것이 아니다. 문학잡지에 발표하기
전, 하나라도 고쳐서 완성도를 높이고 싶은, 순전히 작
가 개인의 욕망과 욕심에서 비롯된 소설 보여주기라고
나 할까.

　　그런 점에서 내가 쓴 책을 읽고 이렇게나 다양한 내
용들이 오갈 수 있다는 점에서 이번 '독서캠프'는 작가인
나에게도 신선하고 색다른 경험이었다. 내가 소설을 쓰면
서 생각하지 못했던 점과 염두에 두지 않은 내용, 그리고
장점과 단점들에 대한 많은 이야기를 들을 수 있어서였

다. 보드판에 빼곡히 붙어있던 노란 포스터에는 작가에게 궁금한 내용들이 적혀있었다. "「로드킬」에서 차에 치였던 것의 정체는?", "교수님은 왜 옷을 벗고 있나요? 벗어야만 했나요?", "「모두의 내력」이란 제목은 무엇을 나타낸 건가요?", "「칼」에서 소녀가 미래를 보는 꿈을 꾸기도 하는데, 이 소설에서 그것의 역할은 무엇인가요?" 등 많은 질문들을 받고, 그에 대한 내 생각을 정리해서 말을 했었다. 예상하지 못한 질문에 당황하기도 했지만, 내 소설을 다시 한번 곱씹어 볼 수 있는 기회였다. 함께한 편집자가 든든한 아군이 되기도 했다.

그중 가장 기억에 남는 질문은 "지역에서 여성작가로서 어려움을 느낀 적이 있나요?"였다. 단순해 보이면서도 생각할 여지가 많은 질문이었다. 나는 역으로 독자들에게 이런 질문을 했다. 이 질문을 수도권에 사는 남성작가에게도 할까요? 왜 유독 '지역'에서 사는 '여성' '작가'에게 이런 질문을 많이 하는 걸까요? 그건 그 자리에 있던 독자들에게 묻는 질문인 동시에 나에게도 묻고 싶은 질문이었다. '지역', '여성', '작가'라는 세 가지 단어는 어떠한 한계와 제약을 지닌 대상으로 누군가에게 와 닿는 것일까. 그렇기에 그 세 가지 단어를 나란히 붙여서 사용할 때는 '어떤 대상을 극복하기 위해서 이러이러한 노력을 했다'와 같은 답을 은근히 기대하는 것일까. 행사가 끝난 뒤에도 이 물음은 나에게 해결되지 않은 숙제처럼 끈질기게 달라붙었다. 지역, 여성, 작가. 나를 설명하는 이 세 단어에는 어떤 의미와 뉘앙스가 담겨 있는 것일까. 나 혼자 답을 내릴 수 없는 이 질문을 지금, 이 글을 읽고 있는 당신에게도 해보고 싶다.

오선영, 『모두의 내력』, 호밀밭, 2017

2부

때론 다정하게, 때론 진지하게 — 책장 깊숙이 들어가기

내 마음을 사로잡는 첫 문장

소설을 고르는 방법은 다양하다. 작가, 출판사, 표지, 누군가의 추천, 신문기사나 리뷰 등 저마다의 방법으로 책을 선정한다. 위의 방법과 함께 내가 책을 정하는 방법은 '첫 문장'을 읽는 것이다. 서점, 도서관에서 책장에 꽂힌 책 한 권을 꺼내 본다. 신생 출판사나 아직 알려지지 않은 작가, 혹은 표지가 오래되고 낡은 책이어도 상관없다. 어느 책이든 한 권을 꺼내 첫 문장을 읽어본다. 그렇게 읽은 첫 문장이 눈길을 끌고, 마음을 사로잡는다면 그 순간을 놓치지 않고 책과의 인연을 이어나간다. 마치 정보 없이 나간 소개팅에서 마음에 드는 상대를 만난 것처럼 말이다.

내게는 그렇게 눈길을 끈 첫 문장이 몇 개 있다. 최근 읽은 김이설의 소설 「경년(更年)」은 다음과 같은 문장으로 시작했다.

음모에도 새치가 난다는 걸 사람들은 다 알고 있었을까

파격적으로 시작하는 문장에 놀라 제목을 다시 보니 '경년(更年)'이다. 고칠 경, 다시 갱으로 읽히는 경(更)을 제목으로 한 이 소설은 갱년기를 맞이한 여성과 사춘기 아들의 복잡한 내면상태, 그리고 둘 사이에 일어나는 여러 갈등을 구체적으로 담고 있다. 제목과 함께 첫 문장에서 이 소설의 전반적인 분위기와 하고자 하는 이야기를 추측할 수 있었다.

장정일의 소설 『아담이 눈뜰 때』의 첫 문장은 한때 외우고 다닐 정도로 좋아했던 문장이다.

내 나이 열아홉 살, 그때 내가 가장 가지고 싶었던 것은 타자기와 뭉크화집과 카세트 라디오에 연결하여 레코드를 들을 수 있게 하는 턴테이블이었다. 단지, 그것들만이 열아홉 살 때 내가 이 세상으로부터 얻고자 하는 전부였다.

열아홉의 나는 위 문장에 나오는 타자기와 뭉크화집, 턴테이블을 주인공 '아담' 못지않게 가지고 싶었다. 동그란 레코드를 턴테이블에 연결한다. 스피커를 타고 흘러나오는 음악을 배경으로 한 채, 타닥타닥 소리를 내는 기계식 타자기로 나만의 글을 쓴다. 그러다가 글이 안 써질 때면, 두 손을 뺨에 대고 비명을 지르고 있는 뭉크의 그림들을 들춰본다. 열아홉, 스물의 나이가 주는 불완전함이 턴테이블, 타자기, 뭉크화집이 주는 적당히 감각적이면서도 황폐하고 퇴폐적인 이미지와 어울린다고 생각했다. 미성년에서 성년으로 넘어가는 과도기의 주인공과 그를 둘러싼 세계의 부조리함 역시, 당시의 나와 비슷하다고 여겼던 듯하다. 한참의 시간이 지나서 다시 읽은 『아담이 눈뜰 때』는 전형적인 남성시각의 성장소설이라 읽는 내내 불편하고 불쾌했지만 말이다.

잊지 못할 첫 문장도 있다. 20대 후반, 일본의 에치코유자와로 겨울여행을 떠났었다. 그곳은 가와바타 야스나리의 소설 『설국』의 무대로 유명한 곳이다. 이 전에도 소설을 읽었지만, 여행을 앞두고 소설을 다시 꺼내 천천히 읽었다. 그리고 소설집을 여행가방에 넣어 그곳으로 출발했다.

국경의 긴 터널을 빠져 나오자, 설국이었다. 밤의 끝이 하얘졌다.

소설의 첫 문장은 이렇게 시작한다. 그리고 정말로, 내가 탄 기차가 컴컴한 터널을 통과하자 새하얀 '설국'이 펼쳐졌다. 낮은 지붕 위에 하얗게 쌓인 눈과 기찻길, 담장 위에 내려앉은 눈꽃과 그 뒤로 펼쳐진 설산. 소설의 첫 문장과 완벽하게 똑같은, 니카타현 쓰치바루 역을 보면서 나는 가와바타 야스나리의 소설 속에 들어가 있는 것 같았다. 문장이 현실이 되어 내 앞에 던져져 있었다.

이렇듯 누구에게나 기억에 남는 소설의 문장들이 있을 것이다. 첫 문장일 수도 있고, 마지막 문장일 수도 있으며, 소설의 중반부나 갈등의 최고조에서 어떤 문장과 만날 수도 있다. 그 문장들의 공통점이란 읽는 이의 마음을 떨리게 한 것이라는 점이다. 그렇다면 내 마음을 움직이게 한 문장을 이번에는 내가 직접 써 보면 어떨까. 소설가들의 문장처럼 멋지거나 화려하진 않아도 내 마음에 드는 문장, 지금의 내 심정을 적확하게 표현한 문장, 내 모습을 담고 있는 진실된 문장을 말이다. 그 문장이야말로 어느 소설가, 시인의 문장보다 나를 사로잡는 문장이 되지 않을까.

▮▮▮ 김이설, 「경년(更年)」, 『현남 오빠에게』, 다산책방, 2017

▮▮▮ 장정일, 『아담이 눈 뜰 때』, 김영사, 1990

▮▮▮ 가와바타 야스나리, 유숙자 옮김, 『설국』, 민음사, 2002

수고한 글쓰기

3월이 되자 여기저기서 봄호 계간지들이 배달되어 왔다. 어느 때와 마찬가지로 잡지 목차부터 살피던 나는 어느 작가의 이름 앞에서 멈칫, 할 수밖에 없었다. 도저히 소설을 쓸 수 없을 거라 여겼던 한 작가의 신작 소설이 게 재되어 있었기 때문이다. 2016년 『작가와 사회』 봄호에 실린 정태규 소설가의 「갈증」이 바로 그것이다.

내가 정태규 소설가를 처음 본 것은 2013년 봄이다. 어느 작가의 출판기념회 자리였는데, 당시 막 등단한 나 는 어색한 표정을 한 채 맨 뒷자리에 앉아 있었다. 이런 저런 인사와 축하 말들이 오가고 행사가 끝나갈 때쯤 검 은 뿔테안경을 쓴 한 작가가 강단에 섰다. 특이한 점은 그 가 양손을 호주머니에 넣고 있고 마이크를 다른 분이 들 고 있었다는 거였다. 술에 취한 것도 아니고, 마이크를 잡 지 못할 정도로 약해 보이지도 않는데 왜 저렇게 인사를 하는지 의아했다. 그 작가가 루게릭병을 앓고 있다는 사 실은 뒤풀이 장소에서 알게 되었다.

2014년, 전 세계적으로 아이스 버킷 챌린지가 열렸을 때, 부산 소설가들도 중앙동 40계단에서 정태규 소설가를 위한 아이스버킷 행사를 하였다. 1년 만에 본 소설가는 휠체어를 타고 있었고, 어눌한 발음으로 간신히 의사 표현을 하였다. 그 후 작가가 치료를 위해 서울로 갔다는 소식을 전해 들었고, 나는 정태규 소설가를 만날 일이 없었다.

그런 그가 신작 소설을 발표한 것이다. 키보드를 치는 것은 물론이며, 제대로 된 생활조차 하기 어려울 작가가, 새 소설을 써서 문예지에 발표하다니!「갈증」은 중환자실에 누워있는 루게릭병 환자가 꾸는 여러 가지 꿈과 현재의 모습을 담고 있었다.

그는 침대 근처를 오가는 간호사들의 주의를 끌기 위해 열심히 눈을 깜박였다. 그는 ALS(일명 루게릭병) 환자였으므로 팔을 들 수도 다리를 들 수도 없었다. 이제 막 구멍 뚫린 목으로 소리를 내는 건 더구나 불가능했다. 오직 눈을 깜박이는 것만이 그가 세상과 소통할 수 있는 유일한 수단이었다. 그러나 아무도 그의 작은 신호를 알아채는 사람은 없었다.

사실적인 표현과 문장들은 정태규 소설가가 현재 처

해 있는 환경과 생각들을 지독할 정도로 세밀하게 형상화하고 있었다. 소설 속 주인공이 간호사의 주의를 끌기 위해 눈을 깜박이는 것처럼, 정태규 소설가도 안구 마우스를 장착하고 눈을 깜박이면서 소설을 썼다고 한다. 모음 하나에 눈 한 번 깜박, 자음 하나에 눈 한 번 깜박. 작가는 이 소설을 쓰기 위해 얼마나 많이 눈동자를 움직여야 했을까. 소설을 향한 작가의 의지와 영감의 원천은 도대체 무엇일까.

책을 읽는 사람은 점점 줄어들고, 대학 내에서도 인문학, 예술학 관련 학과들은 무자비하게 통폐합당하고 있다. 돈이 되지 못하는 것들은 열등하고 무가치한 것으로 평가하여 가감 없이 폐기처분되고 있는 것이 정태규 소설가가 머물고 있는 병실 밖, 우리네 삶의 풍경이다. 일본에서는 인공지능이 쓴 SF소설이 문학상 1차 심사를 통과했다고도 한다. 머지않아 인공지능이 인간 고유의 영역이라 여겨왔던 상상력과 창조력마저 대신하게 될 날이 올지도 모른다. 문학이, 소설이, 점점 쓸모없어지고 소설가가 인공지능보다 못한 존재로 추락해가는 시대에 그는 무슨 심정으로 소설 '따위나' 쓰고 있는 것일까.

하지만 그렇기 때문에, 오히려 정태규 소설가의 소설은 자전적인 내용이나 형식이 아니라 '쓰기 그 자체의 행위'에서 이미 숭고한 것이기도 하다. 소설가가 소설을 쓰는 행위를 통해 자신의 존재를 증명한다면, 정태규 소설가의 모습이야말로 진정 소설가다운 모습이기 때문이다. 가장 극적인 순간에 만나는, 가장 소설가다운 소설 쓰기가 그의 문장 한 구절, 단어 하나에 아로새겨져 있다. 루게릭병은 육신이 죽어가는 과정을 생생한 정신으로 감각하면서도 무기력하게 지켜볼 수밖에 없기에 더욱 고통스러운 병이라고 한다. 하지만 정태규 소설가는 스스로를 무기력 속에 가두어 놓지 않았다. 그는 소설 제목과 같이, 여전히 소설에 대한 '갈증'을 느끼는 소설가가 아닌가. 그의 다음 작품을 기대한다.

정태규, 「갈증」, 『작가와 사회』 62호, 전망, 2016

수업시간에 학생들과 하길종 감독의 영화 〈바보들의 행진〉을 봤다. 1975년에 나온 영화는 소설가 최인호가 『일간스포츠』에 연재한 동명 소설을 원작으로 하고 있다. 철학과 1학년인 병태와 영철은 단짝 친구다. 함께 미팅에 나가고, 병무청에 신체검사를 받으러 가며, 목욕탕에서 서로의 등을 밀어준다. 선후배들과 내기 당구를 치고, 몸을 가누지 못할 만큼 술을 마시며, 과 대항 축구대회도 나간다. 취업과 연애, 군대와 학점 사이에서 고민하는 이들의 모습은 44년이 지난 2019년의 대학생들과 별반 다르지 않아 보인다.

동해에 고래가 있나요?

있, 있, 있구말구요. 동해엔 고래가 한 마리 있어요, 예쁜 고래 한 마리가요. 그걸 잡으러 떠날 거예요.

중학교, 고등학교 입학시험에 떨어졌으며 대학교는 돈이 많은 아버지의 기부금으로 들어갔고, 말까지 더듬는 영철에겐 '고래를 잡으러 가겠다'는 꿈이 있다. 최인호가 가사를 쓰고 송창식이 부른 〈고래사냥〉이 바로 영철의 테마곡이다.

술 마시고 노래하고 춤을 춰 봐도 가슴에는 하나 가득 슬픔 뿐이네. 무엇을 할 것인가 둘러보아도 보이는 건 모두가 돌아앉았네. 자, 떠나자. 동해바다로. 삼등삼등 완행열차 기차를 타고.

영화 전반에 흐르는 이 노래는 유신정권의 암울한 시대 상황과 조응하면서 묘한 긴장감을 자아낸다. '보이는 것 모두가 돌아 앉았네'에 이어 나오는 '자, 떠나자. 고래 잡으러!'는 희망 없는 시대에서도 희망을 찾고자 하는, 영철의 결연한 의지처럼 느껴진다. 원작자인 소설가 최인호가 1970년대를 바라보는 세계관이 이 노래에 집약되어 있는 것 같다.

영화를 보고 학생들이 감상문을 썼다. 병태와 영자의 키스 장면, 〈왜 불러〉가 나오는 두발단속 장면에 대한 소감과 영철의 〈고래사냥〉에 대한 이야기가 많았다.

한 학생은 동해에 몸을 던지더라도 이루고 싶은 꿈이 있었던 영철이 오히려 부럽다고 했다. 꿈조차 마음대로 꿀 수 없는 자기 세대에 대한 연민과 한탄, 분노의 목소리였다.

문학평론가들은 2000년대 한국 소설의 키워드를 '루저, 백수, n포'로 꼽는다. IMF 이후 붕괴된 가정경제와 좁아진 취업문, 치솟는 등록금 앞에서 20대들은 그동안 청춘의 특권이라 여겨졌던 많은 것들을 포기하게 됐다. 1970년대의 송창식이 〈고래사냥〉을 불렀다면 2010년의 장기하와 얼굴들은 "몇 년간 세숫대야에 고여 있는 물 마냥 그냥 완전히 썩어가지고 이거는 뭐 감각이 없어(〈싸구려커피〉)"를 노래하고 있는 것이다. 소설가 김애란의 작품도 청춘들의 이러한 모습을 사실적으로 그려내고 있다.

너는 자라 내가 되겠지…… 겨우 내가 되겠지.

「서른」의 주인공은 한때 보습학원 강사로 일했다. 하얗게 질린 얼굴로 새벽부터 밤까지 학원가를 오가는 아이들을 보며 혼잣말을 한다. 주인공도 한때는 영철처럼 '내 꿈 하나는 조그만 예쁜 고래 한 마리'를 가슴 속에 품었을 것이다. 하지만 현실은 자신이 가르친 학생을 다단계 회사에 저 대신 집어넣고 탈출하는 것으로 갈무리된다. 그 학생이 실적을 강조하는 회사의 강압적인 분위기와 엄청난 빚, 파탄 난 인간관계에 괴로워하다 자살 시도를 했을 때, 소설은 주인공이 읊조린 독백을 다시 한번 환기시켜 준다. 다단계회사를 탈출한 '나'와 자살을 시도한 학생은 벗어나고 싶어도 벗어날 수 없었던, '겨우 내가 되겠지'로 갈음되는 오늘날의 젊은이들이었다.

「서른」의 '나'에게 영철의 〈고래사냥〉을 불러준다고 해서 달라질 것은 없다. 44년이 지나도 청년을 옥죄고 있는 현실은 별반 다르지 않다. 그때도 지금도 영철과 병태의 노래는 전설 속의 멜로디이다. 하지만 토익책과 인턴서류를 앞에 두고도 스멀스멀 흘러나오는 그 멜로디를 어찌해야 할까. 모두가 비웃는 '바보들의 행진'이 되더라도 다시 한번 그 노래를 힘껏 부르고 싶다.

▮▮▮ 최인호, 『바보들의 행진』, 홍익출판사, 1990
▮▮▮ 하길종 감독, 〈바보들의 행진〉, 1975
▮▮▮ 김애란, 「서른」, 『비행운』, 문학과지성사, 2012

열매로 변한 아내

소설가 한강이 장편소설 『채식주의자』로 세계적 권위의 맨부커 인터내셔널상을 수상하였다. 1993년 『문학과사회』에 '시'가, 이듬해 『서울신문』 신춘문예에 '소설'이 당선되어 작품 활동을 시작한 한강은 그동안 『여수의 사랑』(1995), 『검은 사슴』(1998), 『소년이 온다』(2014) 등의 소설집을 내었다. 수상작인 『채식주의자』는 「채식주의자」, 「몽고반점」, 「나무 불꽃」 등 세 편의 단편소설로 이루어진 연작소설이다. 이 중 「몽고반점」은 2005년 이상문학상 수상작으로 이미 많은 독자와 비평가들에게 사랑을 받아왔다.

작가는 『채식주의자』 속 작가의 말에서 "이 소설이 1997년 계간 『창작과비평』 봄호에 발표된 단편소설 「내 여자의 열매」를 바탕으로 쓰였다"고 밝힌다. 그런 의미에서 여기에선 「내 여자의 열매」에 대해 말해볼까 한다. 수상작인 『채식주의자』는 이미 많은 분들이 읽었을지 모르며, 읽지 않았다면 앞으로 읽을 가능성이 농후한 반면,

「내 여자의 열매」는 그렇지 않기 때문이다. 이 글을 읽고 『채식주의자』를 읽을 또는 읽은 분들은 두 소설의 관계에 대해 생각해 보기를 바란다.

어느 늦은 오월, '나'(남편)는 아내의 몸에 든 멍을 본다. 아내의 몸은 "갓난아이의 손바닥만 한 연푸른 피멍"이 들었지만, 아내는 어디서 멍이 들었는지 모른다고 한다. 나는 아내가 어디에 부딪혔거나 계단에서 넘어지면서 멍이 든 것이라 생각하고는 "병원에 가 보라"는 말을 한다. 시간이 흘러 초여름 밤, 아내의 몸은 이전보다 더 파란 멍으로 뒤덮여 있다. 아내는 "햇빛만 보면 옷을 벗고 싶고, 자꾸만 밖으로 나가고 싶"다고 말한다. 나는 이번에도 대수롭지 않게 병원에 가보라고 한다.

소설 속 '나'는 아내의 몸에 왜 멍이 드는지 알지 못한다. 아내에게 병원에 가보라고 말을 할 뿐, 같이 가야 한다는 생각은 하지 않는다. 나에게 아내는 "산 사람 같지 않은 얼굴"을 한 예민하고 "낡은 우울질의 피가 흐르"고 있는 여자이다. 결혼 전 아내는 "혈관 구석구석에 낭종처럼 뭉쳐있는 나쁜 피"를 갈아버리고 싶다며, 세계 곳곳을 자유롭게 누비며 살고 싶다고 하였다. 나는 아내의 꿈을 알며, 자신과의 결혼을 위해 꿈을 접은 것도 알고 있다. 하지만 아내가 '나'를 위해 꿈을 접는 것을 보면서 그

꿈이란 것이 "비현실적이고 낭만적인 몽상"이었으며, 자신으로 인하여 현실을 알게 되었을 것이라는 일말의 자부심마저 느낀다.

서술자인 '나'의 입을 통해 서술되는 내용은 '나'의 아내에 대한 애정과 관심의 척도를 말해주는데 역설적으로 '나'가 아내에 대해 더 많이 말할수록, 기실 서술자는 아내에 대해 아는 것이 없는 자가 되어 버린다. 두 사람 간의 소통은 전혀 이루어지지 않으며, 남편은 아내의 말을 들을 준비조차 하지 않는다. 남편이 일주일간의 출장 끝에 집으로 돌아오자 아내는 베란다에서 식물이 되어 있었다.

아내의 식물로의 탈신(脫身), 변신은 가부장제의 이데올로기에서 여성이 살아남고자 하는 방법으로 해석할 수 있다. 아내는 남편의 집에 거주하면서, 자신만의 방식으로 생존하는 방법을 터득한다. 그것은 세속적인 남편, 동물성으로 대표할 수 있는 남성사회에 저항하여 식물이 되는 것이다. 고통과 상처의 끝에서 만나는 식물의 세계는 식욕, 성욕, 물욕 등 남편의 세계에서 가치 있는 것으로 평가받았던 남성적, 동물적 욕망의 소거가 이루어진, 무욕망의 세계이다. 작가 한강은 특유의 섬세하고 정교한 문체로 식물이 되어 가는 아내의 세계를 설득력 있게 표현하고 있다.

물론 아쉬움이 없는 것은 아니다. 소설 말미, 열매가 된 아내는 남편의 '손'에 의해 다시 화분에 심긴다. 이 장면은 남성 사회에서 벗어나고자 했던 아내의 꿈이, 결국 남편의 의해 결정된다는 뜻으로 해석할 수 있다. 그것이 가부장제 사회를 반영한 사실적인 결과라 할지라도 아쉬움이 남는다. 민들레 홀씨처럼 가벼워진 아내가 베란다 창문 밖으로 훨훨 날아갔으면 어떨까, 하는 나만의 상상을 해 보면서 말이다.

　　2007년 발행된 『채식주의자』는 맨부커상 수상 후 주요 인터넷 서점의 베스트셀러 1위가 되었다. 한강의 다른 작품들도 상위에 집권했다. 몇 년이 지났지만 여전히 한강의 소설들은 꾸준히 인기가 있다. 상을 받기 전에도 좋은 작품이었지만, 상을 받은 후에 그녀의 소설에 대한 관심이 더 늘었기 때문일 것이다. 개인적인 바람이라면 이 흐름이 다른 한국 소설에 대한 관심으로 이어졌으면 하는 것이다. 재미있는 한국 소설이 아주 많다고 귀띔해 본다.

▮▮ 한강, 「내 여자의 열매」, 『내 여자의 열매』, 창비, 2000
▮▮ 한강, 『채식주의자』, 창비, 2007

최후의 인간

2016년 9월 12일, 지진이 일어났을 때 나는 대형마트에서 장을 보고 있었다. 평일 저녁인데도 마트 안은 추석 준비를 하는 사람들로 제법 붐볐다. 꿀렁, 콘크리트 바닥이 움직였다. 사람들이 놀이기구를 탄 것처럼 요동쳤고, 선반 위의 물건들도 빨랫줄 위에 널린 수건처럼 흔들렸다. 애호박을 고르고 있던 나는, 그 몇 초 안 되는 순간이 긴 시간처럼 느껴졌다. 흔들리는 사람들의 모습은 마치 슬로 모션으로 찍은 영화처럼 느리게 보였다. 무언가 아득해지는 기분이었다.

두 번째 지진이 왔을 땐 출입문 근처 의자에 앉아 있었다. 장을 다 본 후 집에 가기 전 잠시 쉬는 중이었다. 첫 진동에 놀랐음에도 설마 또 지진이 올까 하는 의심과 여전히 마트 안을 채우고 있는 인파를 보며 어느 정도 안심을 해서였다. 의자가 흔들렸다. 한 번 흔들리기 시작한 의자는 계속해서 흔들렸다. 사람들이 소리를 지르며 출입문으로 뛰어갔다. 그때서야 나는 내 안전불감증을 자책

했다. 첫 지진이 왔을 때 집에 갔어야 했는데. 계속해서 장을 보는 게 아니었는데. 카트 속에는 소고기와 애호박, 만두, 콩나물 등이 엉망으로 뒤엉켜 있었다.

집으로 간다고 해서 안전할까? 아파트도 흔들렸을 건데. 지진이 또 오면 어디로 가지? 생필품과 햇반, 통조림 반찬, 물이 든 보온병과 여벌 옷을 챙겨 생존 가방을 싸 둘까? 이제 끝났는데 너무 호들갑 떠는 건 아닌지. 마트를 나와서도 내 불안은 끝나지 않았다. 아니, 오히려 밤이 깊을수록 상상력을 더한 불안과 공포는 진폭을 달리하며 확장되었다. 그 상상력의 끝에 가닿은 것은 원자력 발전소였다.

리처드 매드슨의 소설 『나는 전설이다』(1954)는 핵전쟁 후 유일하게 살아남은 한 남자의 생존기이다. 변종 바이러스가 만들어낸 병으로 인해 세상은 흡혈귀로 가득차게 된다. 낮에는 힘을 잃고 누워있지만 밤만 되면 돌아다니는 흡혈귀는 한때는 로버트 네빌의 다정한 이웃이자 친절한 동료였던 이들이다.

이 소설은 좀비호러영화의 기념비적 작품이라 일컫는 〈살아있는 시체들의 밤〉(1968)의 주요 모티브가 되었으며, 2007년 윌 스미스 주연의 영화 〈나는 전설이다〉로 만들어졌다. 소설 속에서 '흡혈귀'로 정의한 존재는 조지 로메로 감독에 의해서 '살아있는 시체'로 명명되었고, 이후 작품에서는 '좀비'로 표현된다. '전설적인 공포소설', '좀비소설의 모체' 등 리처드 매드슨의 〈나는 전설이다〉 앞에는 다양한 수식어가 붙여져 왔다.

하지만 소설 내용 중 가장 많은 부분을 차지하는 것은 잔혹하고 사악한 흡혈귀의 모습이 아니라, 매일 매일을 외롭고 처절하게 살아가는 인간 로버트 네빌의 모습이다.

시어스의 선반, 물, 발전기의 점검, 말뚝, 기타 등등.

아침 식사 전 네빌은 오늘 해야 할 일들을 꼼꼼히 메모한다. 오늘이 며칠이고, 무슨 요일인지 알 길이 없지만, 누구보다도 성실하고 충만하게 하루를 보낸다. 그래야만 끝나지 않을 것 같은, 길고 긴 하루를 빠르게 흘려보낼 수 있기 때문이다.

그런 의미에서 네빌은 홀로 살아남은 영웅도 아니며, 흡혈귀를 죽이고 카타르시스를 느끼는 변태 킬러도 아니다. 아내와 딸을 잃고 애통해하는 가장이며, 핵전쟁과 변종 바이러스를 무서워하는 소시민이다. 그리고 그런 네빌은 지진을 두려워하는 '나'이며, 가족들의 안전을 걱정하며 여기저기 전화를 돌리는 마트 안 사람들이기도 하다.

핵폭탄이 없었다면, 변종 바이러스가 없었다면, 그전에 전쟁이 없었다면 네빌의 아내와 딸이 죽는 일은 생기지 않았을 것이다. 인간의 힘으로 지진을 막을 수는 없다. 하지만 대비와 예방으로 인해 2차 피해와 후유증을 줄일 수는 있을 것이다. 지진으로 인한 원전 사고로 큰 피해를 입는 일도 막을 수 있을 것이다. 핵으로 인해 '지구 최후의 인간'이 된 사람은 소설 속 로버트 네빌 한 명으로 족하니까 말이다.

리처드 매드슨, 조영학 옮김, 『나는 전설이다』, 황금가지, 2005
프란시스 로렌스 감독, 〈나는 전설이다〉, 2007

소설 원작이라는 꼬리표

학생들과 문학작품을 원작으로 한 영화에 대해 이야기를 하였다. 정유정 소설 원작의 〈7년의 밤〉부터 세계적 베스트셀러인 조앤 K. 롤링의 『해리포터』 시리즈를 바탕으로 한 판타지영화, 그리고 한국에서 가장 많이 리메이크 되었다는 『춘향전』 원작의 영화들까지. 동서고금을 막론하고 문학작품을 바탕으로 한 영화의 종류와 갈래는 셀 수 없이 많았다. 이들 작품의 공통점이란 아마도 탄탄한 스토리와 인물구성, 독자를 사로잡는 서사전개, 그리고 이미 확보된 소설 독자층의 탄탄한 지지일 것이다.

하지만 문학작품을 영화화하였다고 해서 그 영화를 문학, 특히 소설과 비교, 대조하면서 보아야 하는 것은 아닐 것이다. 원작 소설을 읽고 극장을 찾는 관객이 있겠지만, 이와 별개로 영화 자체에 관심과 흥미가 있어 극장 문을 두드리는 이들도 있기 때문이다. 그럼에도 소설을 먼저 읽은 관객이라면, 그 선후 관계를 따지게 된다. 활자로 묘사된 등장인물의 외모나 주인공이 살고 있는 집, 타고 다니는 차 등이 살아 있는 생명체로 눈앞에서 움직이고 있기 때문이다. 평면화되어 있던 모든 것들이 입체적인 무언가로 탈바꿈하여, 걷고 먹고 뛰는 모습을 보면서 독자들은 제 머릿속의 상상과 스크린 속 대상을 비교하게 된다. 흡족해하기도 하고, 실망하기도 하면서 말이다.

그런 점에서 베른하르트 슐링크의 장편소설을 원작으로 한 스티브 달드리 감독의 〈더 리더, 책 읽어주는 남자〉는 모든 면에서 성공적인 작품이라 할 수 있다. 소설의 내용은 2차 세계대전이 끝난 지 그리 오래되지 않은 시점의 독일의 작은 도시를 배경으로 열다섯 살 소년과 서른여섯 살 여인의 사랑을 다루고 있다. 총 3부로 이루어진 소설은 두 사람의 만남과 사랑, 이별을 다룬 1부와 법정에서 다시 만난 두 사람과 여자 주인공인 한나 슈미츠의 숨겨진 과거가 드러나는 2부, 그리고 세월이 흐른 후교도소에 수감된 한나 슈미츠와 그녀에게 책 내용이 녹음된 테이프를 보내주는 남자 주인공 베르크의 이야기로 구성되어 있다. 영화 속 한나 슈미츠는 케이트 윈슬렛이 맡아 극의 전반을 이끌어 나간다. 남자 주인공인 베르크는 어린 시절은 데이빗 크로스, 성인 시절은 랄프 파인즈가 맡아서 연기한다.

〈더 리더〉에서 가장 놀라운 부분은 2부 법정 장면

이었다. 한나 슈미츠는 나치 수용소에 수감된 유대인 여자들을 이송하는 중에 교회에 가두어 모두 불에 타 죽도록 한 혐의로 법정에 섰다. 왜 그랬냐는 배심원들의 질문에 한나는 "질서를 유지하기 위해서", "감독의 역할에 충실하기 위해서" 그랬다고 답한다. 수용소 생존자들의 진술서를 읽은 다른 감독들이 진술서의 내용과 어긋나게, 자신에게 유리한 방향으로 제 죄를 부인할 때도 한나는 자신이 한 일이 맞다고 응답한다. 작품 속 한나는 글을 읽지 못한다. 그렇기에 수용소 생존자들의 진술서나 기록 등을 본 적이 없다. 자신이 지은 죄보다, 자신이 '문맹'이라는 것이 탄로 날까 더 두려워하고 있는 한나는 한없이 나약하면서도 자존심 강한 한 인간으로 형상화된다.

이런 그녀가 3부에선 녹음테이프를 통해서 글을 알게 된다. 한 글자씩 떠듬떠듬 글자를 읽게 된 한나는 세계대전과 유대인 학살에 대해 알게 된다. 영화 속 카메라는 그녀가 읽은 책들을 천천히 클로즈업한다. 그중에는 한나 아렌트의 『예루살렘의 아이히만』도 있다. 아렌트는 유대인들을 효율적으로 말살하려 했던 아이히만을 통해 '악'의 개념을 정의한다. 악이란 '사유의 진정한 불능성, 타인의 관점에서 사고할 줄 모르는 것'이며 그렇기에 악은 '평범성(banality)'을 가지고 있다고 말이다. 한나 슈미츠가 이 책을 읽고 무슨 생각을 했을까. 무비판적으로 규칙에 순응한 자신이 얼마나 끔찍한 일을 저질렀는지 알게 되었을까.

영화는 그렇게 한나 슈미츠의 내면을 관객으로 하여금 상상하게 만든다. 초췌하고 피폐해진 모습으로 참회하는 한나의 눈물을 통해 말이다. 모든 것을 알게 된 한나는 석방을 하루 앞두고 스스로 생을 마감한다. 문자를 알게 된 인간은 책과의 조우를 통해 세상을 알게 되고, 자신을 성찰하게 되었을 것이다. 그녀에겐 어떤 수치심과 부끄러움, 미안함, 윤리적 양심 등 글자로 설명할 수 없는 복합적인 감정이 내면에서 요동을 쳤겠지. 영화는 한나 슈미츠의 얼굴을 클로즈업하면서 그녀의 심리를 대변했다. 그리하여 영화는 원작 소설이 말한 부분과 그렇지 않은 부분까지 담아내면서, 독자적인 예술작품으로 홀로 서게 되었다. 문학작품을 바탕으로 했다는 꼬리표를 벗어 버리고 말이다.

▮▮ 베른하르트 슐링크, 김재혁 옮김, 『책 읽어주는 남자』, 시공사, 2013
▮▮ 한나 아렌트, 김선욱 옮김, 『예루살렘의 아이히만』, 한길사, 2006
▮▮ 스티븐 달드리 감독, 〈더 리더: 책 읽어주는 남자〉, 2008

백 년 동안 자고 있던 공주는 왕자의 키스로 잠에서 깨어난다. 공주가 잠에서 깨자 왕과 왕비가 일어나며 모든 사람과 짐승이 잠에서 깬다. "세상에서 제일 어여쁘고 착한" 공주와 "세상에서 제일 어여쁘고 쾌활한" 왕자는 성대하게 결혼식을 올린다.

우리가 익히 알고 있는 「잠자는 숲속의 공주」 내용이다. 지혜로운 요정과 잘생기고 멋진 왕자는 열세 번째 마녀의 저주로부터 공주를 구했다. 하지만 정말 공주와 왕자는 잘살았을까? 어린 시절 읽은 동화의 결말은 대부분 해피엔딩이었다. 어둡고 눅눅한 현실과 달리, 밝고 명랑하게 끝나는 결말이 마음에 들면서도 어딘가 의구심이 들었다. 왕자와 공주는 결혼, 그 뒷이야기가 궁금했었다. 그 호기심을 해결하기까지 많은 시간이 지나야 했다.

「잠자는 숲속의 공주」는 샤를르 페로가 1695년에 펴낸 『어미거위 이야기들』에 실려 있었다. 페로는 17세기 프랑스에서 구전되던 민담들을 정리하여 "어린이들에게 상상력을 키우며 가르치기 위한 교훈이 첨가된 어미거위 이야기들"을 출판하고, 그 후 세 편을 추가하여 1697년 『스토리 또는 옛이야기, 교훈첨가』라는 제목으로 다시 책을 내었다. 이에 많은 학자들은 이 책을 민담과 동화의 두 장르로 접근하여 연구하였고, 각각의 장르로 페로의 책을 편입시키려 하였다. 특히 동화연구자들은 '교훈 첨가'를 어린이를 대상으로 한 교육적인 부분이라고 근거를 대었다.

하지만 페로의 책에 실린 「잠자는 숲속의 공주」는 연구자들의 주장과 달리, 아이들에게 그리 교훈적이지 않다. 그의 이야기에서 공주와 왕자는 딸과 아들을 낳는다. 왕자의 어머니는 사람을 잡아먹는 식인귀이며, 이 때문에 왕자는 자신의 결혼 사실과 손주들의 존재를 숨긴다. 이후 왕이 된 왕자는 식인귀 어머니의 손에서 공주와 아이들을 지킬 수 있다는 믿음으로 다시 성으로 돌아간다. 하지만 전쟁이 발발하고, 왕자가 전쟁터에 간 사이 식인귀 어머니는 손녀와 손자, 며느리를 잡아먹으려 한다. 지혜로운 주방장의 도움으로 세 사람은 목숨을 구하지만, 곧 생존사실이 발각되고 만다. 식인귀 어머니는 이후, 주방장과 며느리, 손자, 손녀를 다시 잡아먹으려 한다. 그때 전쟁터에서 왕자가 돌아온다. 제 분을 못 이긴 식인귀는

징그러운 짐승들이 가득한 술통에 자기 머리를 넣어 죽는다. 왕자 가족이 무사히 상봉하여 기뻐하는 것으로 이야기가 끝난다.

왕자와 공주가 아이들과 잘살게 되었다고 해서 이 이야기를 해피엔딩이라 할 수 있을까? 어른이 돼서 다시 읽은 「잠자는 숲속의 공주」는 어린 시절의 의구심을 해결해 주었지만 또 다른 의문점을 내게 던져 주었다. 이야기는 시종일관 그로테스크하다. 공주를 구한 왕자는 정의롭지만, 어머니의 죽음에 슬퍼하지 않는 왕자는 비정하다. 왕자는 선하지도 악하지도 않은, 모순적인 인물이었다. 식인귀 어머니는 사람을 잡아먹는 무시무시한 존재이지만 제 아들인 왕자는 헤치지 않는다. 며느리인 공주와 손자, 손녀만 잡아먹는 일관성 없는 존재이다.

페로는 신분이 낮은 가정의 어머니들이 자녀들에게 '이성적인 삶을 가르치기 위'한 의도로 책을 썼다고 한다. 하지만 책의 내용은 민중이 '이성의 규칙에 맞추어 만들지 않고 그들의 삶 속에서 맘껏 자유롭게 상상해서 꾸민' 것이다. 내용과 의도 간의 불일치, 간격은 이 이야기가 계몽주의의 이성논리에 포섭되지 않는 민담을 원작으로 하고 있어서였다. 페로에 의해 편집, 각색되어도 그 밑에 숨은 꿈틀꿈틀한 욕망과 생명력까지도 사라진 것은 아니기 때문이다.

　오늘날 우리가 알고 있는 세계명작동화, 고전동화의 바탕에는 위와 같은 배경들이 깔려있다. 근대로 오면서 이야기들이 변형되고, 논리적 서사와 이론을 바탕으로 각색되어 전형적인 인물과 미끈한 구성을 갖춘 '명작동화'로 재탄생하였다. 흥미로운 것은 이와 같은 동화들을 새로운 시각과 관점에서 읽으려는 시도들이 현대에 이르러 많이 일어나고 있다는 점이다. 모든 것을 다 잃은 공주가 종이봉지 옷을 입고 왕자를 구하러 가는『종이봉지공주』나 얼굴과 머리색이 검은『흑설공주』, 빨간모자의 또 다른 버전인『세상에서 가장 용감한 소녀』등을 예로 들 수 있다. 새로운 인물과 사건으로 구성된 이 동화들은 자체로서의 재미뿐만 아니라, 기존가치체계와 이데올로기에 대한 의문과 비판의식을 동시에 가지게 해 준다는 점에서 새로운 명작동화로 불러도 되지 않을까 한다.

 샤를 페로, 류경아 옮김,『어미 거위 이야기』, 부북스, 2014

로버트 단턴, 조한욱 옮김,『고양이 대학살―프랑스 문화사 속의 다른 이야기들』, 문학과 지성사, 1996

사랑의 방식

　권여선의 단편소설 「봄밤」은 12년 전 마흔셋 봄에 처음 만난, 지금은 쉰다섯이 된 수환과 영경의 이야기이다. 마흔을 훌쩍 넘긴 신랑, 신부의 결혼식 피로연에서 두 사람은 나란히 앉아 술을 마셨다. 수환은 술에 취한 영경을 업어서 집까지 바래다주었고, 그들은 다음 날부터 매일 만나서 저녁을 먹고 술을 마셨다. 그리고 지금까지 함께 하고 있다.

　영경을 만나기 전, 수환은 회사를 경영하다 부도가 났다. 위장 이혼을 한 아내는 남은 재산을 처분해서 도망쳤고, 수환은 신용불량자가 된다. 그 이후 닥치는 대로 일을 하며 생계를 유지하지만 "언제든 자살할 수 있다는 생각"을 품고 살았다. 영경은 중등 교사로 일하다가 서른둘에 결혼을 하고 1년 반 만에 이혼을 했다. 남편은 이혼하자마자 재혼을 했다. 백일 된 아기는 영경이 키웠는데, 전(前) 시부모가 한 달에 한 번 아기를 데려가 아빠와 만나게 했다. 그러다가 영경 몰래 아기를 데리고 이민을 떠났고, 그 이후 영경은 술을 마시기 시작했다.

그러니까 두 사람은 각자의 친구들이 새 출발을 하는 결혼식장에서 만났지만, 서로의 인생은 모든 것이 마지막이라고 생각되는 절벽 끝에 서 있는 상태였다. 빈손과 공허한 마음, 텅 빈 눈을 지닌 이들이 서로를 마주했을 때, 수환과 영경의 앞날도 신랑, 신부가 걸어갔던 꽃길처럼 환해지지 않을까 내심 기대를 하게 된다. 어쩜 두 사람 역시, 서로에게 그런 것을 기대하지 않았을까 추측해 보기도 한다. 하지만 작가는 이러한 독자의 기대를 철저히 배반하면서 두 사람을 더 극한의 상황으로 내민다.

현재 수환과 영경은 노인과 중증환자들을 전문으로 돌봐주는 지방요양원에 거주 중이다. 수환은 류머티즘 관절염과 합병증으로, 영경은 중증 알코올중독과 간경화, 심각한 영양실조로 입원하게 됐다. 영경은 요양원에서 몰래 술을 마시다가 적발되었고, 한 번만 더 걸리면 퇴원 조치를 하겠다는 경고를 받았다.

영경이 푹 파인 볼을 내밀었다. 수환은 숨을 멈추고 가만히 영경의 볼에 입술을 갖다 댔다. 다녀올게. 그래 잘 다녀와.

술을 마시지 못하게 된 영경은 구토와 불면, 경련과

섬망 증상에 시달리다가 외출증을 끊어 요양원 밖으로 나갔다. 그리곤 며칠 동안 술을 마시고 돌아왔다. 환자이면서 보호자이기도 한 수환은 이런 영경을 제지하기는커녕, 외출을 허락한다.

권여선의 소설이 빛을 발휘하는 부분은 바로 이런 장면에서다. 수환이 영경의 건강과 미래를 생각한다면, 누구보다도 더 강하게 그녀의 외출을 막아야 한다. 술을 끊고 재활치료를 하며, 몸에 좋은 음식을 먹고, 운동하게 해야 할 것이다. 하지만 그는 "독한 주사까지 맞고 멀쩡한 척"하면서까지 영경을 배웅한다. 제가 아프지 않아야 영경이 외출할 수 있음을 알기 때문이다.

수환에게 사랑은 자신의 잣대로 상대를 바라보지 않는 것, 상대가 원하는 것을 할 수 있게 만들어 주는 것, 자신을 드러내는 것보다 상대를 높여주는 것이었다. 가진 것 없는 두 사람이 만나서, 더 가진 것 없는 악화의 길을 가게 되었지만, 그리하여 서로에게 줄 수 있는 것은 쓰디쓴 입맞춤뿐이지만. 두 사람은 '없음의 사랑'을 행함으로써 사랑을 완성해 나간다. 그리고 그 과정 중에서 악착같이 생을 버텨낼 수 있었다.

소설을 다 읽고 생각해 보았다. 내가 생각하는 사랑은 어떤 사랑일까? 그것은 생각을 해야만 알 수 있는 것일까. 아니, 생각을 하기에 앞서 몸과 마음부터 움직이는 본능일까. 흔히들 사랑이라 하면 낭만적이고 아름다우며 달콤한 장면을 떠올린다. 혹은 로미오와 줄리엣처럼 청춘남녀의 열정적인 사랑을 말하기도 한다. 그런 사랑과 비교했을 때 수환과 영경의 사랑은 초라하고 남루하다. 하지만 사랑의 방식과 유형이 모두 똑같지만은 않을 것이다. 정답이 없는 사랑이야말로 사랑의 본질이며, 사랑을 정의하는 가장 올바른 표현이지 않을까. 그래서일까. 소설을 다 읽고 제목을 다시 보게 된다. 소설의 제목은 어느 계절에 읽어도 따뜻할 '봄밤'이었다.

 권여선, 「봄밤」, 『안녕 주정뱅이』, 창비, 2016

모자가 된 아버지

세 남매의 아버지는 자주 모자가 되었다.

황정은의 단편소설 「모자」는 이렇게 시작한다. 소설 속 아버지는 자신이 왜 모자로 변하는지 모른 채, 순간순간 모자로 변한다. 확실한 것은 "좋아서 모자가 되는 것은 아니라"는 것뿐이다. 세 남매는 아버지가 모자로 변한 순간들을 기억해 낸다. 첫째는 골목에서 마주친 초라한 행색의 아버지를 자신이 모르는 척했을 때 아버지가 모자로 변했다고 말했다. 당시 아버지는 실직상태였다. 둘째는 고장 난 라디오 카세트를 고쳐주지도 새로 사주지도 못하는 아버지에게 자신이 소리를 지르자 모자로 변했다고 했다. 셋째는 학부모 참관일에 참석한 아버지가 화려한 옷차림의 학부모들 사이에서 말없이 모자가 되었다고 전했다.

그동안 한국문학에서 재현되는 아버지란 가장으로서의 위엄과 권위가 있는 '왕'과 같은 존재였다. 물론 90

년대 베스트셀러였던 김정현의 『아버지』나 조창인의 『가시고기』의 주인공처럼 자식들을 위해 헌신하는 아버지도 존재했다. 하지만 이면을 살펴보면 이들 역시 기존의 아버지 형상에서 크게 벗어나지 않는다. 자식을 위해 제 몸을 던진 결과, 이들은 잃어버린 가부장권과 남성성을 다시 획득하고 아버지로서의 위엄과 권위를 회복하기 때문이다.

아버지 서사에서 흥미로운 지점은 아버지의 시선이 중심에 있을 때가 아니라, 아버지를 바라보는 자식들의 입장이 전면화될 때 발견된다. 아버지를 아버지라 부르지 못해서 슬펐던 '홍길동'의 후예는 "애비는 종이었다. 나를 키운 건 팔 할이 바람이다"(서정주, 「자화상」)라고 말한다. 아버지는 동네에서 '개흘레나 붙여주고 다니는 시시하기 그지없는 인물'이거나(김소진, 「개흘레꾼」), 나를 버리고 사라졌지만 홀로 살아남기 위해 지구 어디선가 열심히 '달리기나 하고 있는 존재'로 그려진다(김애란, 「달려라 아비」). 이들 작품에서 아버지는 복권 불가능한, 신분이 하락한 비천한 왕과 같았다. 그런데 2000년대 황정은 소설에서 아버지는 한 발 더 나아가 사람이 아닌 '사물'로 무참히 추락하고 마는 데까지 이른다. 「모자」는 그런 '사물-아버지'를 바라보는 세 남매의 이야기이다.

소설 속 아버지는 세계의 완강함에 더 버티지 못하고 아버지로서의 역할을 남매에게 해 주지 못할 때마다 모자가 된다. 모자가 되지 않고서는 자신을 둘러싸고 있는 세계와 상황을 견뎌낼 수 없었던 것이다. 이때 아버지가 제 역할을 해주지 못하는 상황이란, 간단하게 정리해서 '돈'이 없을 때였다. 다시 말해, 모자로 변한 아버지는 자본의 가치가 덮어버린 세계에서 자신의 존재를 증명하지 못하고 발가벗겨진 한 인간을 지시하는 강력한 직설법이다. 아버지가 모자로 변한다는 환상적인 저 문장은 오히려 자본주의 사회의 냉혹한 진실을 가감 없이 드러내기 위해 쓰이고 있는 것이다.

올해도 어김없이 어버이날이 지나갔다. 소설을 읽으면서 되물어 본다. 나의 아버지는 어떤 모습을 하고 있는가. 혹여 모자로 변한 아버지가 차가운 냉장고 밑에 구겨져 있지 않은가. 다음 학기 등록금 걱정하는 자식 앞에서 말없이 모자로 변해 버리지는 않은가. 그런 아버지를 바라보는 나는 어떤 눈을 하고 있는가. 「모자」 속 자식들은 모자로 변한 아버지를 동정하지도 힐난하지도 않으며, 자기 연민에 빠지지도 않는다. 심지어 모자로 변한 아버지에 대해 놀라워하지도 않는다. 모자로 변한 아버지를 밟지 않으려 조심하고, 모자로 변한 아버지가 벽에 걸리지 않게 방 안의 못을 조용히 뽑을 뿐이다. 그리고 그들은 '모자-아버지'와 함께 그저 살아간다. 살아가는 것만이 모자로 변한 아버지가 원래의 아버지로 돌아오게 하는 유일한 방법이기 때문일 것이다. 간신히 '인간'이기에도 어려운 사회 속에서 그들은 인간다운 방식으로 모자를, 아버지를, 가족 관계를 지키고 유지한다. 아버지의 의무와 자식의 요구가 깨어진 지점에서 다시 발견되는 아버지-자식의 새로운 관계 설정의 가능성이 거기서 싹튼다. 왕관이 아니라 모자를 쓴 아버지가 그렇게 성큼, 우리에게 다가섰다.

🏛 황정은, 「모자」, 『일곱시 삼십이분 코끼리 열차』, 문학동네, 2014

🏛 서정주, 「자화상」, 『화사집』, 문학동네, 2001

🏛 김소진, 「개흘레꾼」, 『열린사회와 그 적들』, 문학동네, 2014

🏛 김애란, 「달려라, 아비」, 『달려라, 아비』, 창비, 2005

2016년 『작가와 사회』 봄호에 실린 정태규 소설가의 「갈증」을 읽고 나는 "그의 다음 작품을 기대한다"는 문장으로 끝이 나는 글을 썼다. 좋아하는 작가의 다음 작품을 기대하는 건 모든 독자들의 공통적인 바람일 것이다. 나는 정태규 소설가의 작품을 좋아하는 독자이자, 소설을 쓰는 후배 작가로서 위와 같은 말을 했었다. 더욱이 그는 소설을 쓰기에는 매우 힘든, 루게릭병을 앓고 있어서 "다음 작품을 기대한다"는 말에는 매우 복합적인 뜻이 들어 있기도 했다.

하지만 정태규 소설가는 나의 걱정과 염려를 기대와 환호로 단숨에 바꾸어 주었다. 그도 그럴 것이 일 년이 지난 2017년 가을, 단편소설이 아니라 묵직한 분량의 단행본을 세상에 내놓았기 때문이다.

그의 책 『당신은 모를 것이다』는 총 3부로 구성되어 있다. 1부는 루게릭병 진단을 받은 이후 안구의 움직임과 눈 깜박임으로 작동하는 안구 마우스를 이용해 쓴 병상

에세이이다. 2부는 구술과 안구 마우스를 이용해 쓴 소설 2편과 기발표 소설 1편, 3부는 기존에 발표한 에세이와 새로 쓴 에세이를 정리해서 묶었다.

책을 앞에 두고 표지를 한참 동안 쳐다보았다. 책장을 넘겨 작가의 이야기를 읽고 싶은 궁금함과 어떤 내용이 담겨 있을지 모르는 데서 오는 막연한 두려움이 공존했다. 하얀 표지와 추천사가 적힌 뒷면을 손바닥으로 쓸어 넘기다 책장을 넘겼다. 담담하게 써 내려간 병상 일기는 외려 따뜻하고 다정했다. 자신의 병에 대한 원망이나 좌절, 푸념보다는 남은 삶에 대한 기대와 희망이 더 빛나고 있었다. 아내와 아들들에 대한 사랑과 고마움, 주변 지인들을 아끼고 챙기는 마음 또한 엿볼 수 있었다. 단단하고 진중한 문장은 마치 연필을 손에 쥐고 한 글자씩 꾹꾹 눌러쓴 것 마냥 힘이 있었다. 그 힘들이 책을 읽는 내게도 고스란히 와 닿았다. 어느 부분에선 웃게 되고, 어느 부분에선 가슴이 먹먹해져 창밖으로 고개를 돌리기도 했다.

그중에서 가장 절실하게 와 닿는 부분은 소설가로서의 다짐, 열망이었다. 고등학교 국어교사였던 작가는 이제서야 소원하던 '전업 작가'가 되었다며 농담 아닌 농담을 했다. 세 번째 소설집을 발간하며 지금까지 쓴 작가론과 평론을 모아 평론집을 내고, 그동안 못 쓴 일제강점기를 배경으로 한 장편소설을 쓰겠다는 포부도 밝혔다.

> 신이 내게 정신과 육체 중 하나만 선택하라고 한다면, 나는 조
> 금도 망설임 없이 정신을 선택할 것이다. 내 정신이 곧 내 소
> 설이고, 소설을 쓸 때 비로소 내가 존재하는 의미가 있기 때
> 문이다.

움직일 수 없는 육체에 몸은 갇혀 있지만 그의 소설
가로서의 다짐과 열정은 이제 막 등단한 신인 작가 못지
않게 반짝였다.

> 시작(詩作)은 머리로 하는 것이 아니고 심장으로 하는 것도 아
> 니고 몸으로 하는 것이다. '온몸'으로 밀고 나가는 것이다. 정확
> 하게 말하자면 온몸으로 동시에 밀고 나가는 것이다.

시인 김수영은 '온몸의 시학'에서 시 쓰기란 머리나
심장으로 하는 것이 아니라 '온몸'으로 하는 것이라 말했
다. 나는 김수영의 시학론을 정태규 소설가의 소설을 통
해 다시 한번 알게 되었다. 그의 소설 쓰기야말로 김수영
이 말한 '온몸의 글쓰기' 그 자체이기 때문이다. 이제껏
그 누구도 쓸 수 없던, 쓰지 못했던 소설 말이다. 또한 그

의 소설에 대한 진지한 자세와 열망은 여전히 소설 쓰기를 어려워하는 내게도 본보기가 되어 주었다. 그리하여 나는 이번 글도 지난번 글의 마지막과 같은 문장으로 끝맺음하려 한다. 나는 그의 다음 작품을 기대한다. 이것은 정태규 소설가의 독자이자 후배작가의 간절한 바람이다.

▮▮ 정태규, 『당신은 모를 것이다』, 마음서재, 2017
▮▮ 김수영, 『김수영 전집』, 민음사, 2018

소설가의 사명

　조선의 마지막 황녀였던 덕혜옹주의 삶을 그린 영화 〈덕혜옹주〉는 권비영의 장편소설 『덕혜옹주』를 원작으로 했다. 2009년 처음 발행된 소설은 한동안 베스트셀러 1위를 기록하며 100만 부 이상 판매되었다. 영화의 흥행과 더불어 원작에 대한 관심도 커지면서 다시 판매량이 늘었다. 소설이 발표되기 전까지, 고종의 외동딸로 태어나 일본인과 원치 않는 결혼을 하고, 정신분열증으로 힘들게 살았던 덕혜옹주의 삶을 아는 이는 많지 않았다. 신문에서 덕혜옹주의 사진을 우연히 보게 된 소설가는 "덕혜옹주에 대한 이야기를 들었을 때 운명"이라 여겼으며, "쓰지 않고는 견딜 수가 없었다"고 집필 동기를 밝힌다. 작가는 소설을 쓰기 위해 덕혜옹주가 결혼 후 머물렀던 대마도를 여러 번 방문하고, 그녀와 관련된 자료를 모아 글을 썼다고 한다.

　소설가 김숨은 성실하게 소설을 쓰고 발표하는 작가이다. 그녀는 2016년 여름, 연달아 두 편의 장편소설을 출간하였다. 6월 민음사에서 출간된『L의 운동화』와 8월 현대문학에서 나온『한 명』이다.『L의 운동화』는 1987년 6월 9일 시위 도중 경찰이 쏜 최루탄에 머리를 맞고 22살의 나이로 사망한 이한열의 삶을 조명한다. 사고 당시 이한열이 신었던 흰색 운동화는 오른쪽 한 짝만 남아 있는 상태이다. 2015년 미술품 복원 전문가 김겸이 복원하여 현재 이한열 기념관에 전시되어 있다. 김숨 작가는 운동화 복원 작업을 지켜본 후, 그 과정을 소설로 썼다. "한 개인의 사적인 운동화 한 짝이 시대를 대변하는 물건이 되어가는 과정을 그리고 싶었다"는 작가는 "잊혀가는 기억의 대상을 복원하는 건 우리의 훼손돼가는 삶을 복원하는 것"이라고 어느 인터뷰에서 말했다.

『한 명』은 일본군 위안부 피해자가 한 명만 남은 상황을 전제로 시작한다. 2015년 한 해 동안 아홉 분의 피해자가 돌아가셨다. 김숨 작가는 언론 보도를 접하면서 "이러다가 한 분만 남는 어느 때가 오겠다. 그리고 또 한 분도 살아계시지 않은 때도 오겠다"는 생각이 들었다고 한다. 그러면서 '한 명'이라는 제목이 다가왔고, 소설을 쓰게 되었다고 밝힌다. 위안부 피해자 증언록을 바탕으로 쓴 소설에는 316개의 각주가 달려있다. 소설이지만 작가의 상상력에 의해 만들어진 것이 아니라 철저한 자료와 사료를 바탕으로 고증된 작품인 것이다.

흔히들 소설을 정의할 때 작가에 의해 만들어진 허구, 현실에서 있을 법한 그럴듯한 이야기라고 한다. 하지만 앞선 권비영, 김숨 소설가 외의 많은 작가들이 현실에서 일어난 사건, 실존 인물을 바탕으로 소설을 쓰고 있다. 취재와 인터뷰, 논문, 단행본 등 관련 자료를 바탕으로 허구이지만 객관적 사실을 바탕으로 한 허구를 만들어 낸다. 창작력의 원천을 작가의 가공되지 않은 상상력과 개성이라 할 때 이들의 작품은 그것과는 조금 다른 방식으로 구현되었다고 할 수 있다.

그렇다면 이 작가들이 실존 인물의 삶을 조명하는 이유는 무엇일까. 앞서 권비영과 김숨 작가는 덕혜옹주, 이한열, 일본군 위안부 피해자에 대한 이야기를 신문이나 강연, 기사를 통해 접하게 되었다고 한다. 그들의 삶을 이전부터 알고 있었을 수도, 혹은 처음 본 낯선 내용이었을지도 모른다. 중요한 건 작가가 그들과 대면하게 되었을 때, 어떤 '숙명' 내지 '운명' 같은 것을 느꼈다는 것이다. 예리하게 뻗어있던 감각의 촉수가 특정 인물, 사건과 맞닿자 작가는 자신이 글을 써야 한다는 사명감을 느끼게 된다.

물론 매 순간 작가가 대단한 사명감이나 책임 의식을

가지고 소설을 쓰는 것은 아닐 테다. 때론 개인의 욕망과 재미를 위해 글을 쓰기도 한다. 하지만 중대한 사건과 마주하였을 때, 그 사건의 진중한 무게감을 온몸으로 느꼈을 때, 작가는 조금 다른 사람이 되지 않을까 싶다.

그때의 사명감이란 기존에 알려지지 않은 인물, 사건을 독자에게 알려야 한다는 작가 나름의 역할이나 의무일 터이다. 사회적 소수자, 예외적 인물의 삶을 다시 조명하여 독자 앞에 보여줌으로써 그들의 고통, 고난에 동참하기를 호소하는 것. 그리하여 우리가 삭제, 편집해 버린 역사와 사건, 인물을 다시 복원, 복구하여 충분히 애도하기를, 애도할 수 있기를 작가는 바라고 있다. 그것은 과거의 끝난 사건이 아니라 지금도 지속되고 있는 현재형의 이야기이기 때문이다. 그리고 그런 마음가짐이 소설가를 책상 앞에 앉혀 고군분투하게 하는 원동력이 되게 하지 않을까 한다.

▐▎ 권비영, 『덕혜옹주』, 다산책방, 2009

▐▎ 김숨, 『L의 운동화』, 민음사, 2016

▐▎ 김숨, 『한 명』, 현대문학, 2016

'우리'라는 투명인간

다른 사람들에게 내가 보이지 않게 된다면? 이란 상상은 예로부터 이어져 왔다. 전래동화 속 주인공은 도깨비 감투를 쓰고 자신을 괴롭히던 악당을 무찌르고, 곤궁에 빠진 이들을 도왔다. 끝내는 자신의 욕망을 위해 도적질을 일삼는 인물이 되었지만 '도깨비 감투' 자체는 매력적인 존재로 많은 이들의 뇌리에 남았다. 서구의 공상과학소설에는 과학문명의 발달로 투명인간이 되는 과학자가 나온다. 할리우드 SF영화의 단골 캐릭터 중에도 투명인간이 있다.

그런 점에서 성석제의 장편소설 『투명인간』을 처음 접했을 때, 내겐 어떤 호기심이나 흥미도 생기지 않았다. 제목에서 연상되는 내용은 이전에 읽고 보았던 동화, 영화와 크게 다르지 않아서였다. 그럼에도 책을 읽은 건, 순전히 성석제 작가의 이전 작품에 대한 신뢰와 믿음 때문이었다.

소설은 주인공 '만수'의 삶을 연대별로 따라가며 그

가 투명인간이 될 수밖에 없었던 이유들을 추적해 나간
다. 『투명인간』에는 석수와 백수, 금희와 옥희, 명희, 아
버지와 할아버지 등 대략 30명의 화자가 나온다. 이들은
개개의 생명력을 유지하면서 자신들의 사연을 소개한다.

처음의 인상과 달리 소설을 읽어나가면서 점점 집
중하게 되었다. 더욱이 소설의 구조는 퍼즐조각을 맞추
는 것처럼 각각의 인물이 내놓은 사연들을 모아 '만수'라
는 전체 그림을 구성하는 방식을 취하고 있었다. 주인공
이지만 화자가 아닌 '만수'에 대해서 독자는 각각의 인물
이 내놓는 정보를 통해, 유추하고 판단할 수 있다. 작
가가 공들여서 소설의 플롯을 짰다는 것을 알 수 있었다.

아니다. 나는 그렇게 하지 않았다. 죽는 건 절대 쉽지 않다. 사
는 게 훨씬 쉽다. 나는 한 번도 내 삶을 포기하지 않았다. 내게
는 아직 세상 누구보다도 사랑하는 가족이 있으니까. 그 사람
들은 나 같은 평범한 사람이 지지하고 지켜줘야 한다.

'88올림픽'의 성공적인 개최와 국가의 부국강병을 위
해 '여당'만을 계속 찍어왔다는 '만수'의 모습은 여러 면에
서 영화 〈국제시장〉의 주인공 '덕수'를 연상하게 한다
(이름 끝 자도 '수', '수'로 마치 형제처럼 동일하다). 매혈

을 하고 베트남 파병을 가며, 동생들을 위해 학업을 포기할 뿐 아니라 파독광부가 되어 철없는 동생들과 별난 어머니를 끝까지 책임지는 모습은 여러 부분에서 닮았다. 그 이유는 아마도 그들이 한국 현대사를 주 배경으로 한 서사 작품에서 쉽게 만날 수 있는 보편적인 인물이기 때문일 것이다.

하지만 국가 이데올로기와 가족주의에 충실하여, 혼신의 힘을 다해 일생을 살았던 두 사람의 마지막은 확연히 달랐다. 죽도록 고생한 덕수가 장성한 아들, 딸과 손자, 손녀까지 거느리고 부산 앞바다가 보이는 양옥주택에서 여유롭게 생을 반추할 때, 투명인간이 된 만수는 차가운 마포대교 위에서 비극적으로 생을 마감했다.

〈국제시장〉이 덕수를 통해 지난한 시간을 보낸 윗세대에게 박수와 위로, 찬사를 보낸다면,『투명인간』은 만수를 통해 열심히 살아왔지만 사회에서 소외되고 배제될 수밖에 없던 인물들을 조명한다. 이는 만수에게만 국한되는 일이 아니라, 오늘날을 살아가는 대부분의 이들에게 해당된다는 점에서 시사하는 바가 더 크다. 투명인간은 스스로 투명해짐으로써, 되레 제가 그곳에 존재했음을 드러낸다. 마치 사랑하는 사람을 잃고 나서야 스스로가 그 사람을 얼마나 사랑했는지 알 수 있는 것처럼 투명인간은 자신의 존재를 통해 그동안 은폐되어 왔고 억압되어 왔던 많은 것들을 수면으로 끌어올리는 역할을 한다.

하지만 누군가가 투명인간이 되기 전에, 그 사람의 빛깔과 질감과 체온과 목소리를 알 수 있는 방법은 없을까. 성석제의 『투명인간』을 읽고 그런 생각을 해 본다. 지금도 내 옆자리에 앉아있는 투명인간에 대해서, 언젠가 투명인간이 될 내 자신에 대해서. 투명인간이 되지 않으려면 우리는 어떻게 살아야 될 것인가에 대해서. 답을 알 수 없기에 더 두려워지는 오후이다.

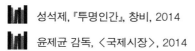

성석제, 『투명인간』, 창비, 2014
윤제균 감독, 〈국제시장〉, 2014

시원해지는 상상

2020년 여름이 지나가고 있다. 여름은 무덥지만 활기차고, 비가 오지만 시원해서 좋아하는 계절이었는데. 올여름은 참으로 잔인했다. 코로나19 바이러스가 잠잠해지는가 싶으니 긴 시간 동안 폭우가 내렸다. 문자 그대로 하늘에 구멍이 뻥 뚫렸나 싶을 정도였다. 폭우가 할퀴고 지나간 자리는 황폐하고 처참했다. 집과 일터, 농지를 잃은 사람들이 수백 명이었고, 돼지와 소, 닭들이 불어난 강물에 휩쓸려 떠내려갔다. 폭우 피해를 복구하기도 전에 다시 코로나19 바이러스가 기승을 부렸다. 질병관리본부와 정부는 실내·외 모임을 금지했으며, 아이들은 등교 대신에 컴퓨터 앞에 앉아 온라인 수업을 들어야 했다.

나 역시 이번 여름은 집과 생필품 가게를 왔다 갔다 하면서 보냈다. 바다, 계곡은 근처에도 못 가고, 실내 수영장이나 실외 물놀이장도 방문하지 못했다. 시시때때로 울리는 긴급재난안내 메시지를 확인하면서 내가 살고 있는 지역의 코로나 상황을 살필 뿐이었다. 삐삐, 삐삐삐삐

울리는 경고음에 가슴이 답답해서 무음모드로 전환했다
가, 다시 걱정이 일어 소리가 들리도록 바꾸는 것을 몇 번
이나 반복했다.

어른인 나도 이러한데 아이는 오죽했을까. 매년 어
린이집 놀이터에서 하던 물놀이가 금지되더니, 급기야 어
린이집도 휴원에 들어갔다. 맞벌이 부부나 아이를 맡길
곳이 없는 가정을 제외하곤 대부분 가정보육을 했다. 무
더운 여름날, 좁은 집안에서 아이와 긴 시간을 함께하는
건 정말 힘든 일이었다. 그건 아이를 사랑하느냐, 하지
않느냐의 문제와는 다른 영역의 일이었다. '돌봄 노동'이
란 말의 참된 의미를 이번 기회를 통해 나는 한 번 더 알
수 있었다.

"엄마, 이 책 읽어줘."

선풍기 앞에 앉아있는 내게 아이가 그림책 두 권을
내밀었다. 하얀 표지에 파란 글씨로 제목을 써넣은 이수
지의 그림책 『파도야 놀자』와 검은 바탕에 노란 보름달이
떠 있는 백희나의 『달 샤베트』였다. 선풍기 옆자리를 아
이에게 나눠주곤 책을 읽기 시작했다.

이수지의 『파도야 놀자』는 바닷가에 놀러 온 소녀의
하루를 검은 먹과 파란색, 흰색만을 사용하여 생동감 있
게 표현한 그림책이다. 바다를 두려워하는 소녀는 한동안

바다를 관찰하더니 발부터 바닷물에 적셔 본다. 무릎, 허벅지까지 바닷물이 닿자 소녀는 조금씩 용기를 얻고 바닷물을 힘차게 차본다. 급기야 소녀의 키보다 높은 파도가 몰려와 물벼락을 맞지만 이미 소녀는 바다에 마음을 뺏긴 상태이다. 까르르 웃는 소녀의 모습은 파도를 두려워하던 처음과는 많이 달라져 있다.

아이는 그림책 속 소녀의 모습이 부러운지 반복해서 책을 읽어달라고 했다. 책장을 가득 채운 파란 물감은 보고 있는 것만으로도 청량하다. 소녀를 따라 아이와 나도 바닷속으로 풍덩 빠지고 싶은데 언제쯤 그런 날이 올까. 글자 없는 그림책을 읽으며 상상해 본다.

백희나 작가는『구름빵』,『알사탕』,『장수탕 선녀님』 등의 작품으로 독자들에게 알려져 있다.『달 샤베트』의 내용은 이러하다. 아주 무더운 여름밤, 사람들이 잠든 사이 달이 주르륵 녹아내린다. 할머니는 큰 고무대야에 달 방울들을 받아 샤베트 틀에 넣어 냉동실에 넣어둔다. 에어컨, 선풍기, 냉장고 사용으로 지구는 더 뜨거워지고 급기야 정전이 된다. 더위와 어둠에 지친 이웃들에게 할머니는 냉장고의 달 샤베트를 꺼내 나누어준다. 차갑고 시원한 맛에 사람들은 에어컨을 켜지 않아도 더위를 잊게 된다. 그 사이 달나라에 사는 토끼들도 지구에 내려온다.

달이 물처럼 녹아내려서 더 이상 살기 어려워졌기 때문이다. 할머니들은 달방울로 달맞이꽃을 키우고, 달맞이꽃은 작아진 달을 점점 살찌운다. 점점 동그랗게 차오르는 달이 책장을 가득 채우고 있다. 환상적인 내용과 아름다운 그림에 아이도 집중해서 이야기를 들었다.

책을 읽고 나니 아이는 자기도 달 샤베트가 먹고 싶다고 했다. 노랗고 달달한 달 샤베트를 먹으면 지긋지긋한 폭염도 거뜬히 견뎌 낼 수 있을 것 같다. 하지만 달 샤베트가 있을 리 없고, 대신 냉동실에서 얼린 요구르트 두 개를 꺼냈다.

선풍기가 웽웽 돌아간다. 그림책 두 권을 옆에 두고 아이와 나란히 앉아서 꽁꽁 얼린 요구르트를 먹었다. 끝나지 않을 것 같은 폭염도, 무더위에 마스크를 써야 하는 이 상황도, 언젠가는 끝나겠지. 끝나고 나면 괜찮아지겠지. 그렇게 몸과 마음이 시원해지는 상상을 하면서 여름날을 보낼 뿐이었다.

▐▌ 이수지, 『파도야 놀자』, 비룡소, 2009
▐▌ 백희나, 『달 샤베트』, 책읽는곰, 2014

3부

씩씩하게 한 걸음 더 ── 당신과 나의 책장

페스트의 결말

알제리의 오랑 시, 거리 곳곳에서 죽은 쥐 떼가 발견된다. 점점 증가하는 쥐의 사체와 더불어 마을 사람들도 원인 모를 죽음을 당한다. 몇몇 의사들에 의해 전염병의 실체가 밝혀지고 정부는 '페스트'를 선포함과 동시에 도시를 전면 봉쇄해 버린다. 대혼란에 빠진 오랑 시.

알베르 카뮈의 소설 『페스트』는 봉쇄되어 버린 도시, 오랑을 배경으로 다양한 인간 군상의 모습을 사실적으로 그려내고 있다. 『이방인』과 함께 카뮈의 대표작으로 꼽히는 이 소설은 그를 세계적인 작가로 만들어 주었으며, 세월이 흘러도 많은 사람이 찾아 읽고 있는 고전이 되었다. 한국에선 중·고등학교 필독도서로 지정되면서 여러 독자가 이 책을 접했을 것이다.

나 역시 고등학교 시절, 방학 숙제를 하기 위해 이 책을 읽은 적 있다. 작은 글씨가 촘촘하게 박힌 두꺼운 책. 『페스트』에 대한 첫인상이었다. 삽화나 사진 한 장 없이 줄글만 빼곡하게 들어 있는, 방학 숙제용 책은 그다지 흥미를 끌어내지 못했다. 폐쇄된 마을과 전염병, 그곳에서 살기 위해 애쓰는 사람들의 모습도 나에겐 별다른 감흥을 주지 못했다. 그 시절의 나는 예상하지 못한 반전과 전개, 이제껏 보지 못했던 파격적인 스토리라인을 가진 작품을 선호했으며, 즐겨 읽었기 때문이다.

이러한 마음은 그 후에도 지속되었다. 특히 재난 상황을 다룬 영화나 소설을 대할 때면 더 냉정하게 거리를 두게 되곤 했다. 한국형 재난블록버스터인 영화 〈해운대〉, 〈감기〉, 〈부산행〉과 같은 영화를 보면서 나는 종종 고개를 좌우로 흔들었다. 쓰나미, 감기바이러스, 좀비들에 대항해서 최고의 과학기술과 문명기기를 사용하던 등장인물이 마지막에 가선 눈물범벅인 얼굴로 주변 사람들을 위로하고 걱정하며 염려하는 모습으로 바뀌어 맥이 빠졌다. 가족애와 인류애로 끝나는 결말이, 한국 영화 특유의 진부한 휴머니즘 같아서 시시했다. 나에겐 외계인들이 지구를 유리구슬처럼 가지고 노는 〈맨 인 블랙〉이나 인류의 절반이 핑거 스냅 한 번으로 사라지는 〈어벤져스〉가 더 '재난' 영화 같고, 더 그럴듯한 '서사'구조를 가진 작품처럼 느껴졌다.

하지만 이러한 생각은 최근 코로나 바이러스가 대한민국 곳곳에 창궐하는 과정을 보면서 조금씩 바뀌게 되었다. 그리고 다시 알베르 카뮈의 『페스트』가 떠올랐다. 의사로서의 책임감과 소명 의식을 가지고 있는 리외, 취재를 위해 오랑에 왔지만 끝내 오랑에 남아 페스트 퇴치에 힘을 쏟는 랑베르, 페스트가 신의 분노라고 말하지만 마지막에는 리외의 의견을 따르게 되는 파늘루 신부가 말이다. 불의와 공포, 불안과 피로만이 남은 오랑에서 환자와 보호자, 노약자와 어린이, 그리고 나와 관계없는 시민들까지 걱정하고 보살피는 이들의 모습은 2020년 대한민국의 모습과 묘하게 겹쳐지고 있었다.

코로나19로 인한 확진자 수가 늘어나고, 초·중·고·대학교의 개학이 연기되었다. 거리에선 마스크를 쓴 사람들조차 드물게 볼 수 있고, 자주 가던 음식점과 카페는 문을 닫았다. 친구들과 얼굴을 마주하며 이야기를 하거나, 맥주잔을 부딪치면서 파이팅을 외치던 게 언제인가 싶다. 황폐해져 가는 도시가 카뮈 소설의 오랑을 연상시킨다. 그럼에도 확진자 수가 제일 많은 도시로 자진해서 떠나는 의료진들이 있고, 나보다 더 어려운 사람들을 위해 써 달라고 기부금을 내는 이웃들이 있다. 몇 시간씩 줄을 서서 겨우 구할 수 있는 일회용 마스크지만, 고령의 노약자에게 선뜻 양보하는 지인도 있다.

『페스트』가 보여준 결말이, 진부한 휴머니즘 같은 한

국형 재난 영화의 공식이 결국 현실의 나와 우리를 살리는 길이었던 것이다. 절망의 상황에서도 연대하고 투쟁하는 것, 튼튼한 지반이 마른 모래처럼 무너지는 상황에서도 끝까지 희망을 잃지 않는 것이 전염병과 폭력이 난무하는 이 세계에서 우리를 구원해 주는 방법이었다. 그리하여 카뮈의 소설을 다시 읽는 지금, 코로나19로 힘든 우리도 오랑 시의 인물들처럼 지금의 상황들을 잘 이겨낼 수 있을 거라고 믿어본다.

알베르 카뮈, 김화영 옮김, 『페스트』, 민음사, 2011

남겨진 아이들

매일 밤, 아기를 재우기 위한 여러 통과의례가 진행된다. 그중 마지막은 자장가 부르기이다. "자장자장 우리 아기"로 시작하는 고전적인 자장가부터 느리고 조용한 노래를 연달아 부르고 나면 아기는 잠이 든다. 자장가 리스트 중 아기가 가장 좋아하는 노래는 「섬 집 아기」이다. 어릴 적 어머니가 나에게도 많이 불러주었던 노래. 그동안 이 동요의 가사가 서정적이고 아름답다고 생각했는데 곱씹어본 가사는 구슬프기 그지없었다.

엄마가 섬 그늘에 굴 따러 가면 아기가 혼자 남아 집을 보다가 바다가 불러주는 자장노래에 팔 베고 스르르르 잠이 듭니다.(1절) 아기는 잠을 곤히 자고 있지만, 갈매기 울음소리 맘이 설레어 다 못 찬 굴 바구니 머리에 이고 엄마는 모랫길을 달려옵니다.(2절)

「섬 집 아기」는 1946년 한인현의 동시집 『민들레』에

수록된 동시였다. 이후 작곡가 이흥렬이 곡을 붙여 동요로 만들어 오늘날까지 사랑을 받아오고 있다.

가사 속 아기는 아무도 없는 집에서 하루를 보내다 지쳐 잠이 든다. 아이의 주 양육자이자 생활과 생계, 육아를 책임지고 있는 사람은 엄마이다. 아버지는 처음부터 부재 상태로 등장하지 않는다. 엄마는 밤이 늦어서야 집으로 돌아오지만, '다 못 찬 굴 바구니'로 비유된 생활은 여전히 궁핍하다. 아마도 엄마는 어떤 안전도 보장받지 못한 채, 하루 종일 방치되어 있던 아이에 대한 미안함과 죄책감으로 잠든 아이의 머리를 어루만질 것이다. 하지만 이 상황을 타개할 대책이나 해법이 없다는 점에서 답답한 현실은 미래에도 반복될 듯하다.

「섬 집 아기」 속 암울한 상황은 다른 시에서도 발견할 수 있다. 가난했던 유년시절과 장터에서 생선을 팔며 고단한 삶을 살았던 어머니를 추억하는 서정시로 알려진 박재삼의 시 「추억에서」는 위의 동요와 결을 같이한다. "우리 오누이의 머리 맞댄 골방 안 되어/ 손 시리게 떨던가 손 시리게 떨던가"라는 구절처럼 어린 오누이는 추운 골방에서 일하러 나간 어머니를 기다린다. 이제는 성인이 된 시적 화자는 어머니의 한스럽고 애달픈 일상을 회고하는 듯 보이지만, 그 기저에는 철저히 외롭게 방치되어 있던 어린 날에 대한 쓰라린 체험이 깔려있다.

기형도의 시 「엄마 걱정」속 상황도 비슷하다. "열무 삼십 단을 이고" 장에 나간 엄마는 해가 저물도록 오지 않고 "나는 찬밥처럼 방에 담겨" "아무리 숙제를 해도" 오지 않는 엄마를 기다린다. 어린 화자는 급기야 "어둡고 무서워" "빈방에 혼자 엎드려 훌쩍거리"기까지 한다. 「섬 집 아기」가 3인칭 시점에서 아기와 엄마의 상황을 전한다면 「추억에서」와 「엄마 걱정」은 1인칭 시점에서 자신의 이야기를 전한다. 흡사 두 편의 시는 「섬 집 아기」속 아기가 커서 고백하는 자신의 불우했던 유년시절 같다는 생각마저 든다.

안타까운 것은 이런 상황이 시와 동요 속에만 존재하는 과거의 것만이 아니라는 점이다. 오늘날의 현실에도 수많은 아기가 어쩔 수 없는 환경에 의해 홀로 남겨진다. 맞벌이 부부, 워킹맘, 슈퍼대디, 슈퍼우먼 등 결혼한 부부를 가리키는 많은 단어 속에서, 아기들의 자리는 사라진다. 채 젖도 떼지 못한 아기가 어린이집으로, 조부모의 집으로 아침마다 옮겨진다. 그리고 엄마와 아빠는 "다 못 찬 굴 바구니"와 "열무 삼십 단", "남은 고기 몇 마리"를 팔기 위해 직장으로 나간다. 그것이 조금 더 잘 살기 위한, 조금 더 윤택한 미래를 위한, 모두를 위한 최선의 방법이라

할지라도, 그 과정 중에 아이와 부모의 자리는 '골방'처럼 차가워지는 것이다.

그렇게 해서 조금이라도 '골방'이 '온돌방'으로 바뀐다면, 어느 정도의 희생을 감당하겠건만. 녹록지 않은 현실은 그리 밝지만은 않아 보인다. 그래서일까. 인터넷 검색창에 '섬 집 아기'를 검색하자, 연관검색어에 '섬 집 아기 괴담', '섬 집 아기 공포'가 나온다. 자장가로 불러주기에는 동요 속, 동요 밖 현실이 너무나 엄혹하다.

▌▌▌ 한인현, 「섬 집 아기」, 『섬 집 아기』, 섬아이, 2016

▌▌▌ 박재삼, 「추억에서」, 『울음이 타는 강』, 시인생각, 2013

▌▌▌ 기형도, 「엄마 걱정」, 『입 속의 검은 잎』, 문학과지성사, 2000

지금이라도 돌아오렴

사놓고 읽지 못한 책들이었다. 내용이 너무 어렵거나, 외국어로 쓰여 해석이 불가능한 것도 아니었다. 특별한 기교도 과장도 없이, 어떤 일에 대한 개개인의 생각과 경험담을 풀어낸 책이었다. 그럼에도 책들은 한동안 책꽂이에 꽂혀 있었다. 표지와 목차를 몇 번이나 훑어보면서도 책장을 넘겨 본문을 읽는 일에는 이상하리만치 어떠한 결심 내지 용기가 필요했다. 모두 2014년 4월 16일에 일어난 세월호와 관련된 책들『우리는 모두 세월호였다』, 『눈먼 자들의 국가』, 『금요일에 돌아오렴』이었다.

책을 앞에 두고 떠올려 보았다. 2014년, 그날 나는 무엇을 하고 있었나. 4시간 연강을 하느라 뉴스를 볼 수 없었다. 수업이 끝나고 편의점에서 늦은 점심을 홀로 먹었고, 집에 와서는 피곤하다는 이유로 침대 위에 누워 있었다. 저녁 무렵이 되어서야 TV를 틀었고 뉴스를 보았다. 제주도로 수학여행을 가는 고등학생과 일반인을 태운 배가 진도군 해상에서 침몰했다는 소식이었다. '전원구조'

라는 뉴스가 나왔지만 오보였고, 그때까지 구조된 이들은 아무도 없다고 말했다. 진도체육관으로, 팽목항으로 뛰어가는 부모들의 모습이 연달아 나왔다. 배가 태평양 한가운데 있는 것도 아니고, 탑승자들은 구명조끼를 입고 구조를 기다린다 하니, 시간이 조금 지체되더라도 구조될 것이라 믿었다.

하지만 자력으로 세월호에서 '탈출'한 이를 제외하고는 단 한 명도 '구조'되지 못했다. 내가 지극히 평범한 일상을 보내고 있는 와중에, 어느 곳에서는 일어나면 안 되는 일이 벌어졌고 그 결과 어린 학생들이 죽어갔다. 그 상황을 차마 볼 수 없어 텔레비전을 껐지만 그렇다고 벌어진 일이 멈추는 것도 아니었다.

『눈먼 자들의 국가』에서 소설가 박민규는 세월호는 '사고'가 아니라 '사건'이라 말한다. 사고가 뜻밖에 일어난 불행한 일이라면, 사건은 개인 또는 단체의 의도 아래에 발생하는 일, 사회적으로 문제를 일으키거나 주목받을 만한 뜻밖의 일이라는 것이다. 교통사고를 교통사건이라 부르지 않으며, 살인사건을 살인사고라 부르지 않는 것과 연계해보면 그 뜻이 분명해진다. 그런 점에서 세월호가 침몰한 것은 '사고'이지만, 국가가 국민을 구조하지 않은 것은 '사건'이라 말한다. 그러므로 세월호 사고와 세월호 사건은 별개의 사안이며, 후자가 일어난 이유에 대해서 명확하게 알아야 한다고 한다.

그러니까 세월호 사건은 왜 일어난 것일까. 그 후로 일 년이 흘렀지만 아무도 이에 대해서 명확한 말을 하고 있지 않다. 무수히 많은 '말'들이 쏟아졌지만, '말'과 '말'이 서로를 물고 뜯으며 싸우다 끝내는 얼음처럼 부서져 아무것도 남지 않았다. 그 사이 아이를 잃은 부모의 마음은 시커멓게 타들어 가고 있다.

172번인가 174번인가로 건우가 나왔어요.

『금요일엔 돌아오렴』은 세월호 유가족의 육성기록집이다. 2학년 4반 김건우 학생의 어머니는 건우의 시신이 발견된 것을 "건우가 나왔어요"라고 표현한다. 건우 어머니뿐 아니라 이 책에 등장한 열세 명의 유가족도 비슷한 표현을 사용하고 있다. 아이의 주검을 앞에 두고도 차마 시신이라 말할 수 없는 부모들은 아이가 바닷속에서 '나왔다', 아이가 우리 앞에 '왔다'라고 말한다. 단어 하나조차 함부로 사용하지 못하는 부모의 마음을, 책을 읽으면서 상상해 본다. 그리고 상상만으로 이해할 수 없는 감정이기에 마음이 더 아려온다.

'금요일'은 수학여행 갔던 아이들이 집으로 돌아오는 날이었다. 몇 년이 지났지만 아직도 9명의 실종자가 남았다. 이 책들이 널리 읽히길 바란다. 책을 읽는다고 해서 그들의 마음을 전부 이해할 수는 없겠지만, 책을 읽음으로써 유가족의 고통에 조금이나마 동참했으면 한다. 단원고 학생들을 '기억'하겠다는 말로 유가족을 위로하지 않았으면 한다. 세월호 '사건'은 아직도 진행형이기 때문이다.

김행숙 외 10명, 『눈먼 자들의 국가』, 문학동네, 2014

416 세월호 참사 시민기록위원회 작가기록단, 『금요일에 돌아오렴』, 창비, 2015

우리는 모두 '김지영'이다

앉은 자리에서 책을 다 읽었다. 마지막 장을 덮으며 어떤 단어로 정리할 수 없는 복잡미묘한 감정이 밀려왔다. 그 감정들을 굳이 한 단어로 정리하자면 '아, 슬프다.' 정도로 가늠할 수 있을 듯하다. 소설 속 김지영의 상황을 내가 너무 잘 이해할 수 있어서, 그 이야기에 공감하기 때문에, 내가 추측하고 예상한 전개 방향으로 소설이 진행되어 나는 슬펐다.

조남주의 장편소설 『82년생 김지영』의 주인공은 1982년 대한민국 서울시에서 태어난 서른네 살의 여자이다. 눈에 띄게 화려한 외모도 아니며, 언변이 뛰어나거나 특출한 능력이 있는 것도 아닌, 김지영은 학창시절 어느 반에나 있음 직한 학생이자 아파트 옆 동에 살고 있을 법한 평범한 이웃이다. 소설은 세 살 많은 남편, 두 살 된 딸과 함께 서울 변두리의 대단지 아파트 24평에 전세로 거주하고 있는 김지영의 삶을 주 서사로 다루고 있다. 연대기식으로 작성된 소설은 흡사 82년생 김지영의 인물 르포 같다는 생각이 든다.

　　김지영이 중학생 때의 일이다. 남녀공학의 교복 규정은 여학생들에게 엄격했다. 교복 치마는 무릎을 덮어야 하고, 엉덩이와 허벅지의 굴곡이 드러나면 안 된다. 얇은 하복 셔츠 속에는 흰색 러닝셔츠를 반드시 입어야 한다. 면 티, 색이 있거나 레이스가 있는 러닝셔츠는 안 된다. 브래지어만 입는 것은 더더욱 안 될 일이다. 그에 반해 남학생들은 바지폭이 너무 넓거나 좁게 수선한 것을 제외하고는 대체로 눈 감아 주었다. 하복 안에 러닝셔츠도 입고 흰 면 티나 회색, 검은색 티를 입기도 했다. 이에 대해 선도부 교사는 "남자애들은 쉬는 시간 10분도 가만히 안 있"기 때문에 어쩔 수 없다고 한다. 김지영은 생각한다. 불과 1년 전인 초등학생 때까지만 해도 자신을 포함한 여학생들 또한 "쉬는 시간 10분도 가만히 안 있"던 아이라는 것을. 살색 스타킹에 굽이 딱딱한 구두를 신고, 무릎 라인의 교복 치마를 입는 순간, 쉬는 시간 동안 '조용히', '가만히' 앉아 있는 '여학생'이 되었다는 사실을 말이다.

　　이후 어렵게 들어간 직장에서 여자신입인 김지영은 남자직원들의 모닝커피를 타고, 회식 자리에서 수저와 물컵을 보기 좋게 세팅한다. 타 회사와의 미팅 뒤풀이 자리에서는 부장급 남자상사 옆에 앉아 맥주를 따르고, 안주를 집어 준다. 결혼 후에는 맞벌이 부부로 일하지만 임신과 출산을 거치면서 제 꿈이었던 직장을 그만둘 수밖에 없다. 그리고 홀로 아기를 키우며 '독박육아'를 하던 김지영은 자신과 같이 1,500원짜리 커피를 마시고 있던, 생전 처음 보는 남자들에 의해 "남편이 벌어다 주는 돈으로 커피나 마시면서 돌아다니는 맘충"이 되어버린다.

이처럼 소설은 김지영이 일상생활에서 '여자'이기 때문에 겪어야만 했던, 그리고 겪고 있는 크고 작은 차별과 폭력에 대해 서술하고 있다. 아주 오랫동안 관습화되어 그것이 차별이나 배제, 폭력이라는 생각마저 들지 않게 된, '원래'부터 그런 일이라고 김지영을 비롯한 대한민국 여성들이 수긍하게 되어 버린 일련의 일들에 대해서 말이다. 은밀하게 작동되던 폭력이 이제는 고착화되어 하나의 시스템이 된 것이 아닌가, 하는 회의마저 품게 된다.

하지만 '원래'부터 그런 일이란 것이 과연 존재하는 것일까. '처음부터' 그랬다면 그 '처음'은 언제부터일까. 그것을 시작한 이는 누구일까. 소설 속 김지영을 비롯해 이 땅의 많은 여성들이 이에 대해 의문을 가지지만, 어느 것 하나 명확한 답을 듣지 못한다. 오히려 이런 질문과 비판, 반박에 되돌아오는 것은 '따지기 좋아하는 여자'라는 비아냥과 '여성 혐오'일 뿐이다.

나는 이 책을 주변의 여성들에게 권하고 싶다. 함께 읽고 각자의 생각과 의견들을 풍성하게 나누고 싶다. 그 자리에는 책을 읽지 않은 여자들도 얼마든지 참석할 수 있다. 그녀들은 아마 책을 읽은 사람들 못지않게, 『82년생 김지영』에 대해 자세하고 생생하게 말할 수 있을 것이다. 왜냐하면 우리 모두가 '김지영'이기 때문이다. 그 사실이 나를 더 슬프게 한다.

 조남주, 『82년생 김지영』, 민음사, 2016

어떤 엄마들

아동폭력, 아동학대와 관련된 기사들이 연이어 쏟아지고 있다. 교육, 훈육을 빙자한 폭력과 학대, 방임 앞에서 연약한 아이들은 사소한 저항조차 할 수 없었다. 되풀이되는 부모의 학대와 폭력으로 인해 몇몇 아이들이 목숨을 잃기도 했다. 자신들의 잘못을 은폐하고자 부모는 아이의 시신을 훼손하여 유기, 방치했고, 때론 암매장을 했다. '비정한 부모', '사람의 탈을 쓴 악마'와 같은 제목들이 기사의 머리글을 장식했다.

몇 개의 기사를 읽다가 창밖을 쳐다보았다. 메마른 나무에 연두색 잎들이 돋아나고 있었다. 햇살이 좋은 날이었다. 모니터 속 내용과 창밖의 풍경이 너무 달라서 비현실적으로 느껴졌다. 현실이 기사보다 더 끔찍하다는 것을 알지만, 그럼에도 자극적으로 쓴 내용에 고개를 돌리게 되었다. 클릭 수에 연연하기 전에 폭력을 당한 인간에 대한 윤리부터 지켜야 하는 것은 아닌가. 연둣빛 잎 위로 기사 속 아이들의 모습이 겹쳐지자 가슴이 울렁거렸다.

특이한 점은 이런 기사의 댓글에 달린 반응들이었다. 범행을 저지른 이가 아이의 아버지와 어머니임에도 불구하고 비난의 화살은 어머니에게 더 집중되었다.

"제 배 아파서 낳은 자식을 어떻게 때릴 수가 있나."

"아버지는 그렇다 쳐도 어머니의 행동은 이해가 안된다."

"모성이 없는 엄마는 엄마도 아니다."

가해자를 남과 여, 성별로 구분하여 원색적으로 매도하고 있었다.

여자라면 누구나 가지고 있는 것으로 여겨지는 모성 (母性)에 대해 학자들은 저마다 다른 의견을 내놓고 있다. 신경 정신분석학자는 옥시토신이라는 호르몬의 분비가 모성 행동을 자극한다고 했으며, 프랑스의 철학자는 산업혁명 이후 국가의 노동력과 미래 산업을 위해 엄마들에게 자식에 대한 모성, 애정을 주입 시킨 것이라고 했다. 모성은 동물도 가지고 있는 것으로 종족보존을 위해서는 필수불가결한 행동이라는 견해도 있다. 모성이 본능이라는 이론부터 이차적으로 만들어진 것이라는 견해까지 모성을 둘러싸고 있는 이론은 각양각색이다. 어떠한 것이든 '모성이 엄마와 자식 사이에서 중요한 요소로 작용하고 있다'고 전한다.

김이설의 소설에는 수많은 '엄마들'이 등장한다. 엄마들은 초경도 치르지 않은 딸과 서울역에서 노숙을 하고(「열세 살」), 명문대를 나온 대리모를 통해 가족 몰래 아이를 낳고(「엄마들」), 자궁경부암 3기 진단에 이혼 후 자궁을 적출한다(「환상통」). 그리고는 다음과 같이 말한다.

> 내가 밥을 먹는 것도, 잠을 자는 것도 모두 아이를 제대로 키우기 위해서였다. 밥을 잘 먹어야 젖이 잘 돌고, 잠을 잘 자야 아이에게 웃을 수 있었다. 남편에게 아이를 맡기고 일을 하겠다고 나선 것도 결국 아이를 위한 것이었다. 굶을 수는 없었다. (「환영」)

김이설 소설 속 여자들은 엄마가 된다. 그리하여 자신의 목숨을 걸고 아이를 지킨다. 아이에 대한 엄마의 무조건적인 사랑과 헌신은 두렵고 무서울 정도이다. 구걸을 하거나 성매매를 해서 아이를 키우고, 자신의 아이에 대한 죄책감 때문에 남의 아이를 몰래 데려오기도 한다.

그런 연유로 책을 읽고 어떤 씁쓸함과 답답함에 휩싸이기도 했다. 이토록 맹목적인 모성이란 무엇인가. 아니, 이것은 모성이 아니라 인물들의 삶을 지탱하는 원동력 중의 하나인가. 소설 속 여자들의 삶을 이해하기 위해서 나는 여러 가지 이유들을 붙여 보았다. 그 마음들을 어렴풋하게나마 이해할 수 있을 듯하면서도, 그녀들이 엄마의 삶이 아니라 '나'의 삶을 살았으면 좋겠다는 생각도 했다.

다시 신문과 뉴스의 아이들을 본다. 기사 밑으로 이어지는 댓글들을 읽는다. 댓글에서 말하는 모성은 어디에 존재하고 있을까. 김이설 소설 속 모성이 댓글에서 말하는 그것이라면, 만약 아이들의 엄마가 제 몸을 던져서 아이들을 키운 소설 속 여자와 같았다면, 이런 끔찍한 일은 벌어지지 않았을 것인가.

그러다가 문득, 아동학대의 책임을 가정 내부로 국한하고 있는 기사와 댓글에 되묻고 싶어진다. 아이들을 보호해야 할 의무와 책임이 가족만의 문제냐고. 모성의 부재로 간단하게 결론지을 수 있는 사안이냐고. 가족이 국가의 최소단위라면 아동학대는 국가정책과 시스템이 제대로 작동하고 있지 않다는 것을 증명한다. 이를 망각하고서 폭력과 학대, 방임으로 고통받는 아이들이 없기를 바라기는 어려운 일일 것이다.

📚 김이설, 「열세 살」, 「엄마들」, 「환상통」, 『아무도 말하지 않은 것들』, 문학과지성사, 2010

📚 김이설, 『환영』, 자음과모음, 2011

'그 이후'의 삶

　여름 동안 읽은 두 권의 소설에는 공통적으로 아이를 잃은 부모에 대한 이야기가 담겨 있었다. 태양이 작열하는 바깥 날씨와 달리, 소설 속 이야기는 서늘하고 황량하기 그지없었다. 읽고 나면 목덜미가 싸늘해졌던 소설들, 오늘은 그 소설들에 대해 이야기해 보려고 한다.

　김영하의 소설집 『오직 두 사람』에 실린 「아이를 찾습니다」는 제목 그대로 아들을 찾는 부모의 이야기이다. 윤석과 미라는 세 살배기 아들 성민과 함께 대형 마트에 들른다. 쇼핑 카트에 성민을 태우고, 휴대폰 매장에 들러 점원의 안내를 받는다. 성민이 얌전하게 카트 의자에 앉아 있을 줄 알았는데, 뒤돌아보니 카트가 통째로 사라졌다. 화장품 매장에 간 아내 미라가 카트를 끌고 갔나 싶었지만, 뒤늦게 나타난 미라는 성민의 행방을 윤석에게 물을 뿐이다.

　시간을 훌쩍 넘겨 11년이 지난 어느 날, 대구 경찰서로부터 전화가 오고 아들 성민이 집으로 돌아온다. 그러니까 그들이 그렇게 애타게 찾고 있던 아들이 '마침내' 집으로 돌아온 것이다. 그 사이 윤석은 직장을 그만두고, 가지고 있던 재산도 아들을 찾는 비용으로 다 써버렸다. 공사장에서 자재를 지키거나 야간 경비일을 하며 근근이 살아가고 있다. 아내 미라는 아들을 잃은 충격으로 조현병이 생겼다. 하지만 그들은 아들이 돌아오기만 하면, 원래의 삶을 '회복'할 수 있을 것이라 믿는다. 총명하고 상냥했던, 자신들의 아들이 다시 집으로 오기만 하면, 이전의 삶으로, 행복하고 단란했던 가정으로 돌아갈 수 있을 거라 믿는다.

하지만 삶은 야속하게도 그렇지 못하다. 세 살 때 사라졌던 성민은 자신이 '종혁'이라고 말하며, 자신을 납치한 여성을 친어머니라 믿고 있다. 깔끔하고 세심했던 납치범이 조현병에 걸려 아이처럼 구는 친모보다 낫다고 여긴다. 결국 한 번 깨져버린 일상을 다시 회복시키는 것은 불가능한 일이었다. 삶이란 스카치테이프로 붙일 수 있는 장난감이나 종이책이 아니어서, 원인이라고 여긴 지점으로 돌아갈 수도 없으며, 설사 그 원인을 찾아 해결한다 해도 이전의 삶으로 돌아갈 수 없다. 김영하의 소설은 그 지점을 영민하게 포착해서 풀어내고 있었다.

김애란의 소설집 『바깥은 여름』에 실린 「입동」도 아

이와 관련된 이야기이다. 영우는 후진하는 어린이집 차에 치여 그 자리에서 숨졌다. 숨진 아이에 대한 보상금이 나왔고, 마을 사람들은 아이 잃은 부모의 표정을 보고 싶어 그들을 흘낏거렸다. 이사를 가고 싶지만, 무리하게 대출을 내서 산 아파트는 산 가격에 비해 이천만 원이 떨어졌으며 그 돈으로 이사를 갈 곳 역시 막막하다. 그러던 어느 날, 어린이집에서 추석 선물로 '국산 복분자 원액'이 온다. 추석 선물 겸 영우 사건으로 흉흉해진 평판을 잡기 위해서이다.

소설은 하얀 벽지에 벌겋게 튄 복분자 자국을 없애기 위해, 부엌 도배를 하는 부부의 모습으로 끝이 난다. 아내는 보험금을 헐어서 그동안 밀린 이자와 카드값을 내자고 한다. 그 말을 들은 남편은 도배할 벽지를 들고 눈물을 흘린다. 죽은 영우에게 미안하지 않으려면 보험금을 쓰지 않고 살아가야 하는데, 삶은 그렇게 호락호락하지가 않다. 아들의 핏자국 같은 복분자 액을 덮고 살아가기도 힘들고, 그 상처를 그대로 드러내놓고 사는 것도 힘든 일이다. 이러지도 저러지도 못하는 상황. 벽지를 손에 든 남편의 모습은 아들을 잃은 부부가 '그 이후'의 삶을 어떻게 살고 있는지 단편적으로 보여준다. 그리고 김영하의 소설처럼 '그 이후'란 '그 이전'과는 완전히 달라질 것임을, '그 이

전'으로 돌아가는 것은 영원히 불가능하다는 것을 은유적으로 암시하고 있었다.

　「아이를 찾습니다」와 「입동」은 모두 2014년 겨울 문학잡지에 실린 소설들이다. 작가들은 2014년 봄에 있었던 가슴 아픈 사건을 직접 언급하지 않지만, 그 사건을 떠올릴 수 있는 장치들을 마련해 놓았다. 소설 속 부모의 시선을 따라가며 책을 읽는 곳은 곤혹스럽고 힘든 일이었다. 어느 일이든 과거란 되돌아갈 수 없는 일이겠지만, 아이와 연관된 일은 특히나 더 가슴 아프게 다가온다. 그리고 시선을 돌려 나와 주변을 돌아본다. 「입동」의 주변인물들처럼 나 역시 누군가를 호기심 어린 눈으로 바라봤던 건 아닌지, 이제는 그만하라고 내 입장만을 내세우지는 않았는지. 우리는 '그 이후' 어떤 시간과 공간 속에서 살고 있는지, 어떻게 살아가야 하는지 책을 덮으며 생각했다.

김영하, 「아이를 찾습니다」, 『오직 두 사람』, 문학동네, 2017

김애란, 「입동」, 『바깥은 여름』, 문학동네, 2017

꽃을 던져라

겨울 날씨답지 않게 햇볕이 따뜻한 날, 나의 오랜 친구들이 모였다. 향이 진한 아메리카노를 앞에 두고 이런 저런 근황을 나누다가 SNS의 '#MeToo'에 대한 말이 나왔다.

"근데 그런 일 나도 있었어."

한 친구가 말하자, 다른 친구가 자신도 그렇다며 고개를 끄덕였다. 폭발적으로 증가하는 해시태그를 보고 있노라면 이 문제로부터 자유로울 수 있는 여자들이 이 땅에 과연 있을까, 하는 의문과 회의가 든다고 덧붙였다.

키가 크고 체격이 좋은 여학생들의 등을 쓰다듬으며 브래지어 끈 자국을 확인하던 같은 반 남학생, 농담과 진담의 경계를 아슬아슬하게 넘나들던 남자선배의 성희롱, 찐하게 블루스를 춰야만 회식자리에 퇴근할 수 있다던 상사까지. 경험의 정도와 크기는 조금씩 달랐지만, 그 자리에 앉아 있던 내 친구들은 살아오면서 성범죄에 노출되어 있었다. 이 글을 쓰고 있는 나 역시도 말이다.

"그런 일이 있었는데도 우린 참 잘 컸어."

한 친구의 말에 다른 이가 씁쓸한 미소를 지었다. 방금 전까지 잘 마셨던 아메리카노가 사약이라도 된다는 듯 쓰게 느껴졌다.

너울의 『꽃을 던지고 싶다―아동 성폭력 피해자로 산다는 것』은 성폭력 피해를 입은 한 여성의 기록이다. 유년 시절 외삼촌과 주변 사람들에게 당한 성폭력이 개인의 일생을 어떻게 지배하고 바꾸어 놓았는지를 피해자 자신의 목소리로 말하고 있다.

이 책의 추천사를 쓴 연구자 전희경의 말처럼 "한국에서 성폭력 피해 생존자의 증언을 담은 책은 매우 드물다." 성폭력 사건은 피해자의 잘못으로 인해 벌어진 일이 아님에도, 피해자들은 사건을 감추거나 축소하려 한다. 용기를 내어 누군가에게 말을 하고, 공론화시켜도 도와줄 이들이 많지 않은 것이다. 더욱이 미디어가 다루는 성폭력 문제는 사건 그 자체보다는 피해자의 외모나 행동, 옷차림 등 사건과 관련이 없는 부분을 원인인 듯 보도하여 피해자들에게 더 큰 상처를 주기도 한다.

어려움이 많겠지만 그럼에도 불구하고 성폭력 피해자의 목소리를 들어야 한다. 피해자들이 사건 이후에 어떻게 살아가고 있는지를, 차가운 사회와 어떻게 싸우고 있으며 자신의 잘못으로 인해 생긴 일이 아님에도 스스로를 얼마나 학대하고 미워하고 있는지를. 그러면서도 '생존자'가 되어 다시 살아가기 위해 노력하고 있는지를 사람들이 알아야 한다. 이는 가해자의 폭력을 고발함과 동시에, 피해자가 다시 사회로 나올 수 있는 창구의 역할을 하기 때문이다.

여성을 꽃으로 비유하면서 수동적이고 순종적인 대상으로 여기는 사회에 저자는 "꽃이라고 은유되는 여성을 던져 버리고 싶다. 성폭력 피해를 양산하는, 그리고 성폭력 피해자에게 폭력적인 문화를 향해 꽃을 던지고 싶다"고 말한다. 여성이 꽃이 되었을 때 남성 가해자들은 자신들의 행동이 아름다운 꽃을 취하고, 가까이에서 만지고 싶었기 때문에 일어난 일이라고 합리화했다.

꽃을 던져서 성폭력 피해자들이 생존자로 살아갈 수 있다면, 그 일에 기꺼이 동참해야 한다. 우리 사회의 성폭력을 없앨 수만 있다면 주변 사람들의 손을 잡고 함께 꽃을 뽑아 던져야 할 것이다. 그러나 그전에 성폭력사건으로 힘들어하고 있을 피해자에게 사과하고 위로해야 한다. 제 경험을 고백한 나의 오랜 친구들에게, #MeToo를 쓰고 있는 당신에게, 이 모든 일이 내 잘못에서 일어난, 나의 선택과 복장과 외모와 성격과 말투, 행실에서 비롯된 일

이 아니라고 말이다. 그것이 가해자의 변명을 듣는 일보
다 더 중요한 일이다.

너울, 『꽃을 던지고 싶다─아동 성폭력 피해자로 산다는 것』, 르네상스, 2013

술 권하는 사회

1921년 『개벽』에 발표된 현진건의 단편소설 「술 권하는 사회」는 남편을 기다리는 아내의 모습으로 시작한다. 삯바느질로 겨우 생계를 꾸려나가는 아내는 동경에서 유학까지 하고 온 남편의 모든 것이 자랑스럽다. 결혼한 지 7, 8년이 되었지만 함께 산 기간은 1년 남짓. 남편이라고는 하나 제대로 된 대화 한 번 해 본 적 없고, 같이 밥을 먹은 일도 드물다. 하지만 뭔가 '대단한 일'을 하는 것처럼 보이는 남편은 아내의 자랑이며 전부다. 요즘 들어 매일 술을 마시고 들어와서, 아내가 알아듣지 못하는 말을 늘어놓는 걸 제외하면 말이다.

자세히 들어요. 내게 술을 권하는 것은 홧증도 아니고 하이칼라도 아니요, 이 사회란 것이 내게 술을 권한다오. 이 조선 사회란 것이 내게 술을 권한다오. 알았소? 팔자가 좋아서 조선에 태어났지, 딴 나라에 났다면 술이나 얻어먹을 수 있나.

누가 술을 권하냐는 아내의 질문에 남편은 위와 같이
답을 한다. 식민지 조선의 암울한 현실 앞에서 지식인 남
편은 무력하기만 하다. 마음이 맞는 이들과 '민족을 위하
여', '사회를 위하여' 무언가 해보자 하지만 며칠 되지 않
아 '명예싸움', '쓸데없는 지위 다툼질'로 끝이 나고 만다.
현실의 모순과 부조리에 저항하는 방식은 술을 마시며 울
분을 터트리거나, 제 말을 알아듣지 못하는 아내를 외려
타박하는 방식으로 이뤄질 뿐이다.

이 사회가 술을 권한다는 남편의 대사는 오늘날의
현실에도 묘한 울림을 자아낸다. 지독한 경제난과 바늘
귀보다 좁다는 취업문, 벼랑 끝에 내몰린 20대들은 스스
로를 'n포 세대'라 부르고, 명예퇴직·권고퇴직의 이름으로
40·50대들은 거리로 쫓겨나고 있다. 이런 답답한 현실 속
에서 드러난 '박근혜-최순실 게이트'는 노력하면 이뤄진
다는, 부족한 건 나의 '노력'이지 '빽'이나 '돈'이 아니라 믿
으며 오늘 하루도 충실하게 살아가던 '흙수저' 인생들에
게 이곳이 정말 '헬조선' 임을 다시 한번 각인 시켜준 사건
이었다. 아니, 우리들에겐 헬조선인 이 땅이, 그들에게는
'천국'이었다는 것을 역설적으로 보여준 일이기도 하다.

그리고 그것을 증명이나 하듯 통계청에서 발표한
2016년 2분기 자료에 따르면 가계의 전반적인 소비가 줄

고 있는 데 반해 술과 담배의 지출은 오히려 증가한 것으로 나타났다. 가계의 식비, 의료비, 사교육비 등이 모두 감소했지만 술과 담배의 지출은 전년 동기 대비 7.1% 늘어났다고 한다. 편의점 씨유(CU)의 통계에 따르면 11월 29일부터 12월 6일까지 약 열흘 동안 소주 매출은 2015년 대비 25.4%나 급등했다. 지속되는 경기침체와 연일 터지는 정치적 사건 속에서 많은 사람들이 술로 근심과 시름을 달랜 것이다. 그야말로 '술 권하는 사회'라고 하겠다.

현진건 소설 속 남편은 식민지 조선이 술을 권한다고 하면서도 여타의 행동을 하지 않는다. 삯바느질로 힘겹게 생활을 이어나가는 아내에게 고맙다는 말 한마디 하지 않는다. 오히려 말이 통하지 않는다며, 제게 용돈을 주고 생활비를 대주는 아내를 비웃을 뿐이다. 하지만 소설을 쓴 현진건은 『동아일보』 사회부장으로 근무하던 중 '일장기 말소사건'으로 1년간 옥살이를 했다. 1936년 베를린 올림픽에 출전하여 금메달을 딴 손기정 선수의 가슴에 붙은 일장기를 지우고 신문을 발간했기 때문이다. 자신이 처한 위치에서 술 권하는 사회에 대한 회심의 반격으로 강력한 잽(jap)을 날린 것이라 하겠다.

2016년의 시민들 또한 술을 마시며 부조리한 세상에 삿대질하는 것으로 모든 것을 끝내지 않았다. 주말마다

광화문, 서면, 부산역 광장으로 모여들었다. 술병을 내려 놓고 작은 촛불을 든다. 내게 술을 권한, 술을 마시게 한 이 나라를, 다시 한번 내 손으로, 우리의 힘으로 바꾸려 한 다. 그래서 '당신들의 천국'이었던 이곳을, 상식이 통하는 '우리들의 일상'으로 바꾸려 한다. 내 손에 들린 소주잔이 독배가 아니라 축배가 되기 위해선, 한 사람의 작은 발걸음들이 모여야 함을 잘 알고 있기 때문이다.

덧붙임) 2017년 3월 10일 헌법재판소는 재판관 8명 전원 일치 의견으로 박근혜 대통령에 대한 파면 결정을 내렸다. 이는 2016년 12월 9일 국회가 대통령 탄핵소추안을 의결하고 헌법 재판소에 접수한 지 92일 만의 결정으로, 대한민국 헌정사 최초의 현직 대통령 파면이었다.

현진건, 「술 권하는 사회」, 『운수 좋은 날』, 문학과지성사, 2008

삶이 삶에게

조간신문을 편다. 서울시의 한 아파트 기계실에서 불이 났다. 검은 연기가 인근 아파트까지 번졌고, 경비실에 있던 60세의 경비원은 15층 계단을 몇 차례 오르내리며 "대피하라"라고 외쳤다. 다행히 불은 잡혔고, 다치거나 피해를 본 주민은 없었다. 다만 평소 심장이 좋지 않았던 그날의 경비원이 아파트 9층에 쓰러져 있을 뿐이었다. 구급대원이 응급실로 옮겼지만 경비원 양명승 씨는 안타깝게도 사망하고 말았다.

기사를 읽고 생각해 본다. 그날 경비원은 무슨 생각으로 아파트 층계를 오르내렸을까. 경비원이라는 '역할'에 어울리는, 자신의 직업에 부여된 '책임'을 다하기 위해서였을까. 평소 심장 지병이 있었는데도 불이 난 순간 사람들을 구해야 한다는 생각뿐이었을까. 아니면 이런저런 판단과 생각을 하기에 앞서 그저 몸이 먼저 반응했던 걸까.

김애란의 소설 「어디로 가고 싶으신가요」가 던지는 질문도 바로 여기에 있다. 소설의 주인공은 남편을 잃은 아내이다. 화목하고 단란했던 가정은 현장학습을 떠난 남편의 죽음으로 인하여 무자비하게 깨진다. 남편은 차가운 계곡 물살에 휩쓸린 학생을 못 본 척할 수 없었다. 남편이 떠나자, 홀로 남겨진 아내의 고통이 시작된다.

나는 당신이 누군가의 삶을 구하려 자신의 삶을 버린 데 아직 화가 나 있었다. 잠시라도 정말이지 아주 잠깐만이라도 우리 생각은 안 했을까. 내 생각은 안 했을까.

이곳에서의 고통을 잠시나마 잊고자 '나'는 사촌 언니가 있는 스코틀랜드로 떠난다. 낯설고 색다른 장소로 몸을 이동시키면, 이곳과는 다른 감각과 감정들이 생겨나지 않을까 하는 기대감에서였다. 하지만 스코틀랜드에서의 삶은 이곳과 별반 차이가 없다. '장미색비강진'이라는 태어나 처음 듣는 병에 걸려 온몸에 붉은 반점이 생기고, 오랜만에 만난 대학 동창과는 어색한 대화를 나눌 뿐이다. 오히려 내가 편안하게 이야기하고 대화를 나누는 상대는 생명력이 없는, 스마트폰 음성인식서비스 프로그램인 '시리(SIRI)'일 뿐이다. 남편을 잊는 것도, 그에 대한 생각을 떨쳐버리는 것도, 그가 했던 행위를 이해하는 것도 전부 이뤄지지 않는다. 그것들은 빠른 속도로 떨쳐 버려야 할, 불결한 무엇인가가 아니라 오랫동안 곱씹어 보고 슬퍼하고, 울어보고, 그리워해야만 보낼 수 있는 것들이기 때문이다.

집으로 돌아온 '나'를 기다린 건 남편이 손을 잡고 떠난 학생의 누나가 보낸 편지이다.

> 이런 말은 조금 이상하지만, 감사하다는 인사를 드리고 싶어 편지를 써요. 겁이 많은 지용이가 마지막에 움켜쥔 게 차가운 물이 아니라 권도경 선생님 손이었다는 걸 생각하면 마음이 조금 놓여요. (…) 우리 지용이의 손을 잡아주신 마음에 대해 그 생각을 하면 그냥 눈물이 날 뿐, 저는 그게 뭔지 아직 잘 모르겠거든요.

편지를 읽고 '나'는 남편의 행동을 조금이나마 이해하게 된다. 그것은 어떤 생각과 판단, 의문과 결정의 문제가 아니라 "놀란 눈으로 하나의 삶이 다른 삶을 바라보는" 일이었다는 사실을. 그 순간 남편이 할 수 있는 일이란 "'삶'이 '삶'에게 뛰어드는" 일뿐이었다는 것을 말이다.

소설 속 '나'의 독백을 읽는 이 순간, 2014년 4월 16일 진도 앞바다에 침몰했던 '세월호'가 드디어 인양되었다. 천일이 넘는 긴 시간 동안 차가운 바다에 누워 있던 배는 현직 대통령 탄핵이라는 역사적인 사건이 이뤄진 지 얼마 지나지 않아 수면 위로 오르게 되었다. 침몰하는 배 안에 아이들을 남겨두고 탈출했던 선장, 아직도 7시간의 행적을 밝히지 않은 전(前) 대통령, 애도할 겨를도 주지 않은 채 재빨리 잊으라고 강요했던 이들에게, 그 배에 타고 있던 아이들은 어떤 의미였을까. 아니, 애초에 그들에게 아이들의 '삶'이 의미 있는 것이기나 했을까. 누군가의 손을 잡는다는 것, 누군가를 위해 기꺼이 내 손을 내밀어 주는 것의 의미를 다시 생각하게 된다. 그리고 이번에야 말로 아직 돌아오지 않은 아홉 명이 꼭 가족의 품으로 돌아갈 수 있기를 바란다.

덧붙임) 2017년 4월, 세월호 참사 3년 만에 세월호가 인양되어 목포신항에 거치되었다. 이후 3차례의 수색작업을 통해서 미수습자 9명 중 4명의 유해를 수습해 가족 품으로 돌려보냈다. 이후 5명의 유해를 찾기 위한 수색작업을 벌였으나 끝내 흔적을 찾지 못했다. 2018년 10월 19일 마지막 수색을 끝으로 모두 종료되었다.

김애란, 「어디로 가고 싶으신가요」, 『황순원문학상 수상작품집』, 문예중앙, 2016

집과 방 사이, 어디쯤

채널을 돌리다 어느 프로그램에서 멈췄다. 연예인 패널이 의뢰인의 사연을 듣고, 그에 알맞은 집을 대신 알아봐 주는 예능 방송이었다. 지방에서 서울로 대학을 올 예정인 예비 대학생을 위해 집을 구하는 장면이었다. 예비 대학생은 학교와 가까우면서 치안이 안정적이고, 벌레가 없는 집을 구해달라고 의뢰를 했다. 두 개의 조로 나뉜 연예인들이 의뢰인의 대학 근처 부동산과 전문가의 도움을 받아 원룸과 셰어하우스 몇 곳을 방문했다.

보증금 1000만 원에 월세 50만 원, 그리고 500만 원/25만 원인 원룸을 비롯하여 각각 100만 원/35만 원, 100만 원/28만 원짜리 사회주택, 셰어하우스 등이 차례대로 나왔다. 연예인들은 각 집의 장단점을 말하면서 의뢰인에게 자신이 찾아온 집을 선택해 달라고 했다. 결국 예비 대학생은 교통비가 필요 없는, 학교와 최단거리인 '원룸'을 선택했다.

예비 대학생이 들어가고 다른 의뢰인이 나오자 나는

텔레비전을 켰다. 예능 프로그램이라지만 마냥 웃으면서 볼 수만은 없었다. 낮은 보증금과 싼 월세가 매력이라고 소개된 집들은 브라운관을 통해서만 보아도 사람이 살만한 집으로 보기 어려웠다. 심지어 스튜디오에 있는 연예인까지 '방 탈출 게임을 하는 것 같다'는 말을 할 정도였다. '집'을 구해달라는 프로그램의 제목과 달리, 실제로 예비 대학생에게 돌아간 것은 집이 아니라 하나의 '방', 즉 '원룸'이었다.

물론 대학생이라는 경제적 신분으로 올곧은 집을 구하기 어렵다는 것은 잘 알고 있다. 집값과 생활비, 학비 등은 학생 홀로 감당하기에는 너무나 크고 무거운 액수이다. 그렇기에 원룸과 셰어하우스를 소개한 프로그램을 탓하기 전에 그런 집들을 구할 수밖에 없는 상황의 무게가 더 크게 다가왔다.

비슷한 이야기를 다룬 소설도 있다. 김하율의 「판다가 부러워」는 전세 대란으로 집을 구하는 부부의 이야기이다. 인공수정을 3차까지 했지만 임신에 실패한 어느날, 반려묘는 집을 나가서 길고양이와 교미 후 새끼 다섯 마리를 낳는다. 어렵게 구한 전셋집의 주인은 애완동물 양육 금지를 계약 조항으로 내민다. 주인공인 '나'는 집을 구할 생각에 고양이가 없다고 말했지만, 그것보다 더 무서운 조항은 '육아 금지'였다. 화이트 톤으로 돈을 많이 들여 인테리어를 한 집에 아이가 들어오면 벽지를 포함한 인테리어가 엉망이 될 것이라는 뜻이었다.

아이 없는 집을 선호한다는 주인의 말은 '나'에게 출산 금지로 들린다. 그리하여 인공수정의 실패를 떠나서, 무주택자라는 경제적 위치에 의해 이들은 또다시 아이 없는 부부로 살아가야 할 상황에 놓이게 된다. 정부 기관에선 '가임기 여성 지도'까지 만들어서 출산율을 높여야 한다고 말하지만, 정작 임신과 출산을 결정하는 것은 여성의 고학력도, 회사생활이나 라이프 스타일도 아닌, '부동산'이었다.

책장을 덮고 나니 앞서 언급한 예능 방송이 머릿속에 겹쳐 떠올랐다. 원룸을 전전하던 대학생은 대학을 졸업 후, 직장인이 되면 집 같은 집에서 살 수 있을까. 원룸에서 '투룸'으로 옮기는 것이 과연 큰 발전이라 말할 수 있을까. 결혼을 한다면 어떤 집을 구할 수 있을까. 가장 내밀한 사적 공간이라 여겨졌던 '집'마저도 '나누어' 쓰게 된 현실은 언제부터이며, 얼마나 지나야 끝이 날 수 있을까. 해답이 없는 질문들이 풍선처럼 머리 위를 떠다녔다.

'집'이 집으로서의 본질적 기능보다는 경제적 가치로서의 기능이 더 커진 오늘날. 지금 당신은 어떤 집에서 이 글을 읽고 있는가. 새 학기를 맞이하여 두 발이 퉁퉁 붓도록 걸어 다닌 대학가 근처의 원룸에서일까, 아니면 2년 후에 더 오를 전세금을 걱정해야 하는 집에서일까. 밤이 늦도록 집에 오지 않은 가족을 기다리는 작은방에서일까. 이런 생각을 하다가 다시 질문을 바꾸어 본다. 당신이 미래에 살고 싶은 집은 어떤 집인가, 가장 이상적인 집이라고 생각하는 집은 어떤 집인가? 쓸쓸하게도 그것을 상상하는 것이 지금의 상황에선 가장 희망적인 일인 듯 싶다.

김하율, 「판다가 부러워」, 『실천문학』 130호, 실천문학사, 2018

우리는 말한다

2017년, 할리우드 유명 영화제작자의 성추문 사건 이후, 여배우들이 제가 겪은 성범죄를 공식석상에서 발언하였다. 한국에서는 한 여성검사가 TV 메인뉴스에 나와서 자신이 겪은 성추행을 폭로했다. 전직 법무부 간부에게 성추행과 인사 불이익을 당했다는 글을 검찰 내부통신망에 올리고, 직접 방송에 출연해 제 목소리를 낸 것이다. 인터넷상에서는 성범죄를 당한 여성들이 '#MeToo'라는 해시태그를 달고, 제가 겪은 끔찍한 일들을 말하고 있다. 대학가에 붙어 있는 대자보들도 위 일들의 연장선에서 생각해 볼 수 있다.

대자보와 기사들을 읽으면서 생각해본다. 이것이 과연, 성범죄를 당한 특정 인물들에게만 일어난 일일까. 한 개인에게 일어난 개별적이고 사소한 일일까. 피해자의 옷차림과 말투, 성격, 손짓·몸짓·걸음걸이, 웃음소리, 표정 때문에 일어난, 누군가의 말대로 피해자가 '적극적 거부'를 하지 않아서 생긴, '은근한 합의'로 인해 벌어진 일인 것인가.

　김혜나의 장편소설 『그랑주떼』는 여성들이 일상에서 겪게 되는 크고 작은 성추행과 성폭력에 대해 이야기하고 있다. 초등학생이 된 여주인공은 짝꿍인 남자아이 때문에 학교 가는 것이 싫었다. 그 애는 주인공의 원피스 자락을 들춰 팬티 색깔을 확인한 뒤, 다른 남자아이들에게 알려줬다. 학급의 남학생들은 '나'의 팬티 색깔을 이야기하면서 '나'를 놀렸다. 부모님과 선생님께 짝꿍이 괴롭혀서 힘들다는 말을 하면, "그 애가 너를 좋아하나 보다", "너한테 관심이 있어서 그러는 거야" 같은 말들이 돌아왔다. 하굣길, 길을 묻는 낯선 아저씨에게 수업시간에 배운 대로 친절하게 길을 안내했다. 아저씨는 나를 데리고 아파트 옥상으로 올라가서 성폭행을 했다. 그 남자는 내게 "착한 어린이지? 그렇지?"라고 반복해서 되물었다. 믿었던 사촌오빠가 잠들어 있는 내 몸을 더듬었다. 아파트 옥상의 낯선 아저씨처럼 내 몸을 만지는 오빠의 모습에 너무 놀라서 아무 말도 할 수 없었다. 사촌오빠의 엄마인, 고모한테 이 일을 말하자 "아무한테도 말하면 안 돼. 특히 네 엄마한테 절대로 말하지 마"라는 답이 왔다.

　소설 속 '나'는 제가 겪은 성추행과 성폭력에 대해 주변 사람들에게 말을 했다. 도움을 요청하고, 자신이 어떻게 해야 할지 물어보았다. 하지만 돌아오는 것이라곤, "착한 아이니까 참아야 돼"라는 말이었다. 그리곤 가족들이 소문을 피해 이사를 갔다.

『그녀의 진정한 이름은 무엇인가』에서 오카마리는 다음과 같이 말을 했다.

> 여성들은 언제든 자신을 표상해왔다. 주변화된 타자로 표상된다는 것은, 결코 여성 자신이 스스로를 표상해 오지 않았다는 것을 의미하지 않는다. 여성은 늘 다양한 형태로 자신을 표상해왔다. 그러나 여성이 자기를 표출하는 '말'은 일방적으로 날조된 '보편적'인 말로 주변화되고 은폐되어 왔다.

그렇다. 신문기사와 대자보에 적혀 있는 일들도 같은 말을 하고 있다. 우리 사회 곳곳에서 고질적으로 벌어지고 있는 위계와 권력, 폭력에 의한 성범죄에 대해서 말이다. 여성들은 이제껏 입을 다물고 가만히 있었던 것이 아니다. 어떤 방식으로든, 제 입장을 이야기하고 말을 했었다. 그것을 개별적이고 사소한 일로 치환하여 듣지 않으려 한 것은 우리 주변의 지인들이었다. "너를 좋아하나 보다", 분란을 만들지 말고 "착한 아이니까 참아야 돼"라고 입막음하는 사회였다.

그럼에도 불구하고 여성들은 다시 한번 제 목소리의 주인공이 되려 한다. 그러니 우리는 들어야 한다. 모든 여성들이 제 삶의 주인공이 될 수 있도록 말이다. 피해 여성들이 무너진 일상을 회복할 수 있도록, 스스로를 더 이상 부정하지 않도록. 그리고 다시 말을 해야 한다. "괜찮아, 네 잘못이 아니야"라고.

『그랑주떼』의 주인공은 마지막에 가서 제가 겪은 일들로부터 놓여날 수 있었다. 그제야 "팔이 넓게 벌어지고, 멀리 나아가며 높게 날아"오르며 춤을 출 수 있었다. 지금도 어디선가 #MeToo를, 대자보를 쓰고 있는 이들이 있을 것이다. 그들이 멀리, 높이, 길게 나는 '그랑주떼'를 출 수 있는 날이 속히 오기를 바란다.

▌▌ 김혜나, 『그랑주떼』, 은행나무, 2014

▌▌ 오카 마리, 이재봉, 사이키 가쓰히로 옮김, 『그녀의 진정한 이름은 무엇인가』, 현암사, 2016

지금 일어나고 있는 일

코로나19 바이러스가 대한민국을 포함해 전 세계를 휩쓸고 있다. 1, 2주씩 연장되던 개학은 온라인 개학이라는, 상상도 하지 못했던 방식으로 우리에게 다가왔다. 3월, 대학교를 가득 채웠던 한껏 긴장된 얼굴의 신입생과 여유로움을 뽐내던 재학생, 막 제대한 복학생의 모습은 자취를 감추었다. 그 속에서 캠퍼스 여기저기에 핀 봄꽃만이 미친 듯한 생명력을 뽐내며 만개하고 있다.

신기한 것은 바뀐 일상에 낯설어하면서도 다시 바뀐 일상에 서서히 적응해 나가고 있다는 사실이다. 온라인 개학과 화상 강의는 더 이상 낯선 경험이 아니게 되었고 헬스 동영상에 맞춰 홈트레이닝을 하는 것도 익숙해지게 되었다. 코로나19 바이러스의 출현 전과 다르면서도 비슷한 일상을 다시 살아가고 있다.

김미월의 단편소설 「아직 일어나지 않은 일」은 코로나19 바이러스처럼 예견하지 못했던 어떤 일이 불쑥 일어난 날을 배경으로 하고 있다. 소설 속 상황은 이러하다. 태양계 외부 행성들 중 하나가 지구를 향해 돌진해오고, 지구 종말까지는 서른 시간밖에 남지 않았다. 미디어는 지구 종말까지 남은 시간을 서둘러 안내하고, 모든 방송을 지구 멸망 특집 뉴스로 채워 버렸다. 당장 폭동이 일어나고, 세계 증시와 유가가 폭락하며, 도로 위의 차들이 정지하고 사재기 현상으로 생필품을 사기 어렵게 될 것이라는 말들이 종횡한다. 하지만 소설 속 일상은 이런 추측과 예상을 비웃기라도 하듯, 고요하고 평화롭다. 택배기사는 내게 옆집 택배를 맡아 달라 부탁하며, 아래층 여자는 매일 같이하던 피아노 연습을 멈추지 않는다. 달라진게 있다면 가방 속에 들어있던 복숭아 통조림을 먹기 위해 캔따개를 찾는 '나'의 행동뿐이다.

이 소설은 우리에게 익숙한 재난 서사의 공식을 가볍게 비틀어 버린다. 재난이 재산과 인명을 손상시키고 정신적, 물리적 피해를 줄 것이라는 통념과 다르게 소설은 평범한 일상과 다를 바 없이 재난을 맞이하는 인물들을 그려낸다. 물론 거기에는 "기존에 있던 생기가 조금 빠진 듯"한 느낌이 있지만, 기존의 시스템과 체제가 붕괴되어 버릴 정도의 대혼란이 야기되는 것이 아니다. '재난'은 상상이나 환상이 아니라, 내 앞에 당도한 즉물적인 사건이기에 소설 속 당사자들은 더 냉정하게 침착함을 유지할 수 있는 것이다.

레베카 솔닛은 『이 폐허를 응시하라』라는 책에서 미국의 9·11테러와 허리케인으로 엉망이 된 뉴올리언스의 상황을 언급하며, 재난 속에서 사람들은 우리의 상상과 반대로 쾌활함과 즐거움을 유지하면서 대단히 침착하게 행동한다고 말했다. 더 나아가 재난은 이웃이나 전혀 알지 못하는 타자들을 향한 이타적인 마음을 촉발해서 그것을 바탕으로 한 공동체, '재난 유토피아'가 출현한다고 주장한다. 재난으로 인한 약탈과 폭력, 시스템 붕괴와 대혼동의 '재난 디스토피아'가 국가 권력과 엘리트의 시각이라면, '재난 유토피아'는 연대와 공동체를 기반으로 한 민중과 대중의 시각이라는 점도 날카롭게 지적한다. 김미월의 소설 속 상황은 상상력에만 의존한 그럴듯한 허구가 아니라 이미 실제로 일어나서 많은 사람들이 경험한, 공통의 감각을 기반으로 하고 있다.

그리고 그 일들은 지금 우리의 현실에서도 일어나고 있다. 앞서 말한 것처럼 코로나19 바이러스 출현 이후의 일상은 전과 달라졌다. 하지만 자발적으로 '사회적 거리두기'에 동참하고, 요일에 맞추어 일회용 마스크를 구매하며, 열악한 상황에 처한 이웃들에게 성금을 보내는 이들이 늘어났다. 침착하게 현재의 상황을 돌파하기 위해 모두가 노력하고 있다. 그리하여 어느 나라에선 생필품 사재기로 슈퍼마켓이 텅 비었다는 기사를 접할 때, 우린 '생필품 코너에 가득 찬 두루마리 화장지.jpg'와 같은 사진들을 웃으면서 볼 수 있는 것이다. 재난은 공포를 생산하지만, 그렇다고 반드시 아노미를 야기하는 것은 아니다. 때로 재난 상황은 일상의 삶을 재편하여 지금까지와는 다른 삶의 방식을 생각하고 경험하게끔 이끌기도 한다. 김미월과 레베카 솔닛은 이를 선제적으로 말하였고, 우리의 일상은 이를 누구보다 명확하게 증명하고 있다.

 김미월, 「아직 일어나지 않은 일」, 『옛 애인의 선물 바자회』, 문학동네, 2019

 레베카 솔닛, 정해영 옮김, 『이 페허를 응시하라』, 펜타그램, 2012

아주 희미한 위로라도

십 년도 더 전의 일이다. 늦은 시간, 시내버스를 타고 집으로 돌아가는 길이었다. 앉을 자리가 없어서, 간신히 손잡이를 하나 잡고 이리저리 몸을 흔들면서 집으로 향했다. 가을의 끝자락을 잡고 창밖에는 낙엽들이 바람결에 쓸려 다니고 있었다. 무표정한 얼굴로 의자에 앉아 있는 사람, 선 채로 꾸벅꾸벅 조는 사람 등 버스는 마치 도시 안의 피곤하고 지친 사람만을 골라서 탑승시키기라도 했다는 듯, 고요하고 적막했다.

세상은 어제와 같고 시간은 흐르고 있고 나만 혼자 이렇게 달라져 있다. 바람에 흩어져 버린 허무한 내 소원들은 애타게 사라져 간다.

이어폰에서 이소라의 〈바람이 분다〉가 흘러 나왔다. 평소 좋아하는 노래여서 자주 듣는 곡이었는데, 그날따라 목이 꽉 메더니 눈물이 날 것 같았다. 만원 버스 안에서 사연 많은 여자처럼 홀로 울 수가 없어서 입술을 꽉 깨물었다.

그 후에도 몇 번 더 그런 경험이 있다. 전인권이 갈라지는 목소리로 "그대여, 아무 걱정하지 말아요. 우리 함께 노래합시다"라고 노래할 때, 전인권보다 더 크고 거칠게 그 노래를 따라 불렀었다. 아이유가 가만가만하게 "너의 긴 밤이 끝나는 그 날, 고개를 들어 바라본 그곳에 있을게"라고 노래하면 나 역시 가만가만하고 느릿느릿하게 힘이 났었다.

주파수를 돌리다 우연히 멈춘 라디오에서, 카페에서 무심코 들리는 배경음악에서 나는 참 많은 위로와 위안을 받았었다. 그 위로가 든든하고 벅차서 친구와 가족들에게 같은 음악을 선물하기도 했었다.

그런데 신기한 것은 문학을 통한 위로는 상대적으로 덜 받았다는 거였다. 그래도 문학을 전공하고, 소설을 쓰고 있는 사람인데. 누구보다도 문학을 가까이에서 자주 접하고 있는데, 나는 문학이 아닌 다른 장르의 예술에서 더 많은 위로와 안식을 받고 있었다. 그 이유가 뭘까, 무엇 때문에 그런 걸까. 며칠을 곰곰이 생각해 보았다.

문학이 좋으면서도, 문학을 '일'로 생각하기 때문인 걸까. 내게 문학은 마냥 즐길 수 없는 '일'이자 '직업'이기에, 어떤 성과를 내야만 하는 '작업'이기에 그런 걸까. 타 장르는 나와 무관하게 마음껏 즐기고, 느끼고, 울고 웃을 수 있는데 반해, 문학은 누구보다도 냉정하고 객관적으로 봐야 해서 그런 것은 아닐까 하는 생각이 들었다. 다른 예술 장르에 비해 월등히 좋아하면서도, 월등히 멀리서 보게 되는.

그렇기에 내가 쓰는 글에서도 나는 위로와 위안보다는 상황을 주시하고, 살펴보는 방향을 선택한 것 같다. 선부른 위로와 격려가 오히려 독이 될 수도 있다는 생각이 들었다. 나와 같은 세대를 살고 있는 이들에게, 나 역시 힘든 이 상황을 견뎌내라고 괜찮다고 말하는 것이 위악이나 자기기만처럼 느껴지기도 했었다.

그런 생각을 하면서도 문학책을 읽으면 무언가 든든하고 풍성해지는 기분이 들었다. 즉각적으로 눈물이 나거나 목이 메지는 않아도, 아주 천천히 어떤 것들이 회복한다는 느낌도 들었다. 내 안에서 피폐하게 쓸려가는 어떤 것들이, 황폐하게 허물어져 가는 무언가가, 조금씩 복원되었다. 그리고 나 역시 위로가 되는 글을 쓰고 싶다는 결론으로 이어졌다.

나와 닮은 누군가가 등불을 들고 내 앞에서 걸어주고, 내가 발을 디딜 곳이 허공이 아니라는 사실만이라도 알려주기를 바랐는지 모른다. 어디로 가는지 모르지만, 적어도 사라지지 않고 계속 나아갈 수 있다는 걸 알려주는 빛, 그런 빛을 좇고 싶었는지 모른다.

아주 작고 미약할지라도 누군가에게 '발을 디딜 곳이 허공이 아니라는 사실'을 알려 줄 수 있는 문학이라면, 최은영의 문장처럼 '나아갈 수 있다는 걸 알려주는' 문학의 힘을 믿으면서, 누군가에게 위로가 되고 싶다. 그리고 그런 문학이라면 나 역시 조금은 용기를 더 내어서 앞으로도 계속 이 일을 해 보아도 되지 않을까 싶다. 아주 희미한 가능성을 믿으면서 말이다.

최은영, 「아주 희미한 빛으로도」, 『제11회 젊은작가상 수상작품집』, 문학동네, 2020

씩씩하게 한 걸음 더—당신과 나의 책장

"세상 모든 것에 감탄하는 지혜로운 사람들의 공간"
도서출판 호밀밭

나의 다정하고 씩씩한 책장

© 2020, 오선영

지은이	오선영
초판 1쇄	2020년 11월 04일
편집	임명선 책임편집, 박정오
디자인	전혜정 책임디자인, 최효선
마케팅	최문섭
종이	세종페이퍼
제작	영신사

펴낸이	장현정
펴낸곳	호밀밭
등록	2008년 11월 12일(제338-2008-6호)
주소	부산 수영구 광안해변로 294번길 24 B1F 생각하는 바다
전화, 팩스	070-7701-4675, 0505-510-4675
전자우편	anri@homilbooks.com

Published in Korea by Homilbooks Publishing Co, Busan.
Registration No. 338-2008-6.
First press export edition November, 2020.
Author Oh, Seun young
ISBN 979-11-90971-06-5   03810

이 도서의 국립중앙도서관 출판예정도서목록(CIP)은 서지정보유통지원시스템 홈페이지(http://seoji.nl.go.kr)와 국가자료종합목록 구축시스템(http://kolis-net.nl.go.kr)에서 이용하실 수 있습니다. (CIP제어번호 : CIP2020044443)